「あなたは全然ダメね。一番ダメ」
「なんだと!?」

「『……せーのっ、
空気が海！』」

「わたし……この日差し好き！」
『ネッちゃんもいい気分ニャ～』

『どうか落ち着いて聞いてほしい。
実は…………私たちは人間ではない。
海の亜人なのだ』
『う、海の亜人……!?』

外れスキル《毒消し》で世界一の料理を作ります！

～追放令嬢の辺境カフェは今日も大人気～

2.

青空あかな

ill.フルーツパンチ

口絵・本文イラスト　フルーツパンチ

CONTENTS

#【プロローグ】

「……ありがとうございました～」

最後のお客さんを見送って、閉店の看板を出す。もうすっかり夜なのに、外には日中の暖かさが色濃《いろこ》く残っている。

この森で〝カフェ・アンチドート〟を初めて、もう三ヶ月ほどが過ぎた。夏を迎《むか》え、日ごとに気温が高くなり日差しが強くなる。周りに生える木々の葉も力強く生い茂《しげ》り、太陽の恵《めぐ》みを目《め》一杯《いっぱい》受け止めていた。

今まで、カフェにはキャンデさんみたいな冒険者《ぼうけんしゃ》の他に、リス人族にエルフにオークに吸血鬼《きゅうけつき》など、本当に多種多様なお客さんが訪《おとず》れた。

おかげさまでお店も少しずつ有名になっているらしく、営業日には毎日何組ものお客さんが来てくれる。定期的な収入が増えてロールちゃんも大喜び。カフェは辺境の森の中にあるものの、逆に自然の傍《そば》で気持ちいいと、立地も思いの外好評になりつつある。

パルグタウンの住民たちも、遠いのにご飯を食べによく訪れてくれた。片道一時間くらいかかるから、ちょっとしたピクニック気分になれるとのことだ。魔物《まもの》だって基本的には森の奥《おく》に棲《す》んでいるので、森に深入りしなければ安全面も問題ない。

最近、都会からパルグタウンに繋《つな》がる大きな街道が整備されたと聞いた。人の出入りが今以上に多くなるかもしれないと、住民はカフェに来るたび嬉《うれ》しそうに話していた。

街道があるのはカフェの反対方向だし、そもそも離《はな》れているので私たちは恩恵《おんけい》は受けないけど、パルグタウンが賑《にぎ》やかになるのは嬉しい。毒食材の料理はやはり珍《めずら》しいようで、住民は街を訪れた旅人にもカフェを教えてくれているそうだ。

そういえば、移動食堂みたいな出張カフェを始めてほしい、という意見もあった。

忙《いそが》しい都会では、お昼ご飯はレストランでゆっくり食べるより屋台でサンドイッチなどの軽食をつまむことが多いらしく、パルグタウンの住民たちも都会気分を味わってみたいとのこと。ロールちゃんも「移動食堂なんて儲《もう》かりそうだ」と興味を示していて、また新しい取り組みが始まるかもしれない。

カフェで料理をするのとは勝手が違《ちが》うと思うけど、私もなんだか楽しみだ。

「レベッカ、ちょっと来て～」

『キャンデさんが新しい食材をゲットしてくれたニャ』

「私の予想だが、こいつは絶対にうまい」

まだ薄《うつす》らと明るい夜空を眺《なが》めて夏の空気を楽しんでいたら、カフェの中からみんなの声が聞こえた。

「は～い、今行くよ～」

時が過ぎても、季節が変わっても、私のやることは変わらない。

〝おいしい料理を作る〟……ただそれだけだ。

【第一章：〝火焔《かえん》バードと森野菜のホットサンド〟】

『最近は暑くなってきたニャね』

カフェの掃除《そうじ》をしながら、ネッちゃんがパタパタと手で顔を扇《あお》いで言う。

まだ午前中なのに太陽は燦々《さんさん》と輝《かがや》き、徐々《じょじょ》に気温が高くなってきた。暑そうなネッちゃんに、メニューボードで風を送る。

「これでどうかな」

『涼《すず》しいニャ～』

季節は変わり、夏。肌寒《はださむ》い日はすっかり消え失《う》せ、生命煌《きら》めく季節がやってきた。力強い陽光は当たるだけでパワーを貰《もら》えるね。

ネッちゃんを扇いでいると、部屋の片隅《かたすみ》からロールちゃんの懇願《こんがん》するような呟《つぶや》きが聞こえた。

「ああ～、早くいっぱいにならないかな～。あの黄金の輝きをもう一度～」

隠《かく》し金庫を鏡のように磨《みが》き上げては何度も女神《めがみ》様にお願いする。空っぽになった宿の隠し金庫が、たくさんの財宝でいっぱいになるのを今から楽しみにしているのだ。

金貨だの宝石だのレア魔石《ませき》だのといった数々の宿の財産は、パルグタウンの銀行に預けてある。ロールちゃんは寄託《きたく》することにいつまでも渋《しぶ》っていたけど、〝利息がつく〟と聞いたら大喜びで預けてくれた。

また「はわわ……」な毎日が始まるかと思うと、私も今から気が気ではない。下手したら、宿の前で見せびらかし始めるとも限らないからね。より気をつけなければ。

何はともあれ、掃除が終わりカフェの中はピカピカになった。三人でパンッ！　と手を合わせる。

「『お掃除完了《かんりょう》！　食材を探しに行こうー！』」

今日の午前中は森で食材集めの予定だ。いつも通り、開店はお昼前から。相変わらず、お肉とかお魚はキャンデさんが狩《か》ってきてくれるけど、野菜やキノコなんかはなるべく自分たちで採取していた。そこまでお世話になるわけにはいかないからね。

三人で〝毒の森〟に足を踏《ふ》み入れる。探索《たんさく》するのはもう何回目かわからないけど、毎回新しい発見がある。この森は生態系が複雑らしく、多種多様なキノコや野菜が育っていた。

季節も変わったし、初めて見る食材があるかも。

警戒心《けいかいしん》が復活したロールちゃんは険しい顔で呟く。

「だいぶ探索にも慣れたけど、注意して進もうよ」

「そうだね。夏になって毒魔物たちも活発になっているみたいだし」

パワー溢《あふ》れる日差しを浴びて元気になるのは、毒魔物も同じ。キャンデさんも討伐《とうばつ》クエストで忙しいと言っていて、今日も朝から冒険者ギルドに行っていた。

しばし歩いたところで、不意にロールちゃんとネッちゃんが視線をこちらに向ける。ジーッ……とした音が聞こえそうな視線を。

「先に言っておくけど、食材を見つけてもハイテンションにならないでね」

『正直、それが一番心配ニャ。魔物を呼び寄せる危険があるニャよ』

まったく、何を言い出すかと思ったら。私はいつだって冷静沈着《ちんちゃく》でしょうに。

「大丈夫《だいじょうぶ》、心配しないで。いくら私でも、食べ物を見つけただけで叫《さけ》ぶことはな……あー！　あれは〈ドキドキノコ〉ー！」

「『レベッカ！』」

「こんなところで会えるなんてー！」

見つけてしまった！　木の下にこじんまりと生えているの〈ドキドキノコ〉を！　茶色くて丸くて、一見するとマッシュルームみたい。だだだだぁが、しかし！

「その毒は胸を強烈《きょうれつ》にドキドキさせてしまうのだー！」

「『だから、静かに（ニャ）！』」

毒を持つ反面、栄養満点で焼くとカリッと香《こう》ばしく、身体を温める効果もある。触《さわ》っただけでも毒が取り込《こ》まれるので、事前に毒消し。

鞄《かばん》にしまったところで、今度は視界の隅《すみ》に赤い実が見えた。ちょうど、百歩ほど奥に行ったところぉ！

「野生の〈ホットマト〉があるじゃなーい！　ここは毒食材の宝物庫かー⁉」

「あ、足、速っ……！　つ、ついていけない……」

『レベッカは毒食材を見つけたとき、昔から身体能力が上がりすぎなんだニャ……』

なぜか、ロールちゃんとネッちゃんは、はぁはぁ……と遅《おく》れてやってきた。でも、毒食材を見せればすぐ元気になるだろうね。

「はいこれ！」

「『あ、いや……別に見せられても……』」

採取した赤くて小さい実は、〈ホットマト〉。トマトのくせにピリッと辛《から》いのだ。もちろん、この不思議な食材にも毒はある。食べたら身体がものすごく熱くなってしまうのだ。胸もドキドキしちゃうぞ。とりあえず、毒消し。

「さーって、他にも食材ないかなぁ……あったぁあー！　我らが〈フィーバークレソン〉

のお出ましだぁあー！　赤く縁取《ふちど》られた葉っぱが美しいぃぃいー！」

「ど、どこ……？」

『ネッちゃんにもそんなの見えないニャ……』

西に二百歩ほど進んだ先の地面に、〈フィーバークレソン〉がちらほらと生えている。

昔から毒食材を探しているときは視力が向上するんだけど、みんなもそうだよね？　二人とも、見つからないなんてウソは吐《つ》かなくていいんだよ？

〈フィーバークレソン〉は、ピリリッ！　とした辛みとほんのりした苦みが特徴的《とくちょうてき》。しばらく、どんな食べ物も辛くて苦く感じちゃう毒がある。こいつも毒消し。

「いやぁ、今回もたくさん集まったねぇ。食材が増えて何より何より」

「『はぁ……はぁ……』」

「ほら、二人とも、毒食材だよ。これ見て元気出して」

「『押《お》し付けられても別に元気出ない（ニャ）……』」

毒食材を触ってもらいながら、〝カフェ・アンチドート〟に戻《もど》る。キッチンでさっそくレシピを考案。

「トマトにキノコにクレソンかぁ……ホットサンドとかどうだろう」

提案すると、ロールちゃんがポンッと手を叩《たた》いた。

「わたしもカフェらしくていいと思う。軽食が食べたい人にもピッタリだね」

「お肉も入れたいところだけど……何か残っていたかな」

『ネッちゃんも探すニャ』

みんなでガサゴソと厨房《ちゅうぼう》を探していると、ドアベルがカランと鳴る音が聞こえた。まだ閉店の看板を出しているはずだけど……と思って顔を出したら、赤い髪《かみ》のお姉さんがいる。

「帰ったぞー」

「『あっ、キャンデさん、お帰りなさい！』」

「ギルドにいるとひっきりなしに依頼《いらい》を頼《たの》まれるからな。面倒《めんどう》になって一度帰ってきた。あの程度の依頼、中堅《ちゅうけん》のパーティーで十分だ」

肩《かた》を回しながら、呆《あき》れた調子で言うキャンデさん。S級冒険者なんてすごい強い人は、それこそたくさんの依頼を頼まれてしまうんだろう。

お茶でも用意しようかな、なんて思っていたら、キャンデさんは大きな四角い箱を厨房のテーブルに置いた。中を開くと、たくさんの氷に包まれた大きな鶏肉《とりにく》が姿を現す。

お肉の表面に浮《う》かぶ特徴的な焔《ほのお》のマークを見た瞬間《しゅんかん》、私の身体は感動でふるふると震《ふる》えてきてしまった。

「レベッカ、後でこいつを使って何か作ってくれないか？　クエストのついでに狩ってき

たんだ。見ただけじゃわからないだろうが、毒魔物の〈か……〉

「やっぱり、〈火焔バード〉だあああ！」

「だ、だから、いきなり大声を出すな」

キャンデさんが持ってきてくれたのは、レア毒魔物の〈火焔バード〉。焔の模様がすんばらしい！　食べると体温が身体の中で焚《た》き火《び》をしているみたいに上がる毒があるけど、その代わりお肉はジュジュジュジュジューシーなのだ。

最後のピースがこんな素晴《すば》らしい食材で埋《う》まるなんて、まさしく感謝感激雨あられ。

「さっき森で採取した食材とこのお肉で、ホットサンドを作ろうと思います」

「おお、いいじゃないか。楽しみだ」

喜ぶキャンデさんに反して、ネッちゃんはちょっと心配そう。

『でも、肝心《かんじん》のパンはどうするんだニャ？　街に買いに行くのかニャ？』

グッドサインで大丈夫、と意思表示する。パンもちゃんと用意できていた。

「ジャジャジャジャジャーン！　この前、〝ポー山麓地帯《さんろく》〟に遠征《えんせい》で行ったとき、毒食材の小麦もゲットしたのでーす！　しかも、もう小麦粉にしてありまーす！」

「『おおお～！』」

棚《たな》から小麦粉を出すと、ネッちゃんとロールちゃんが拍手《はくしゅ》してくれた。

この三ヶ月、キャンデさんに付き添《そ》ってもらって、〝ポー山麓地帯〟に行くことが何度かあった。〝毒の森〟ではゲットできない毒食材が手に入るから。先日の遠征で、〈トキシン小麦〉の小さな群生地を見つけた。二人はついて来なかったから知らなかったのだ。〈トキシン小麦〉は綺麗《きれい》な金と紫色《むらさきいろ》の小麦だけど、食べると毒で体中の水分が抜《ぬ》き取られてしまう。そこはさすがの毒食材。しかし、この小麦で焼いたパンは、もっちりぷにぷに、あら美味《おい》しいとなる。

やがて、開店の時間を迎え看板を入れ替《か》える。さっそくホットサンドを作りますかー！　と準備を始めた時、ガチャリ……と扉《とびら》が開かれた。今度こそお客さんかな？　と思う間もなく、一組の男女が入店する。

『すみません……お店開いてますか？』

「えぇ～、マジ古い店～」

男性は全身がモフモフ、頭の耳は犬みたく三角に尖っている。ぐ～んと前に突《つ》き出したお口には鋭《するど》い牙《きば》が何本も。ギョロッとした目がちょっと怖《こわ》い。

小柄《こがら》の女性は赤いずきんを被《かぶ》り、赤いスカートを穿《は》いている。ずきんからはみ出た金色の髪と、白いハイソックス、そしてこれまた赤い小《ち》っちゃなブーツが可愛《かわい》いね。

なんとお客さんは、狼男《おおかみおとこ》と赤いずきんを被った女の子だった。

「いらっしゃいませ。空《あ》いているお席にどうぞ。窓際《まどぎわ》だと森が見えて、景色が綺麗ですよ」

『ありがとうございます……』

「別に森なんか見えても嬉《うれ》しくないっつーの」

狼男さんと赤ずきんさんは、気だるそうに窓際の席に着いた。また印象深いお客さんたちだ。

厨房からキャンデさんが「狼男だと⁉　なんだか討伐しなきゃいけない気がする！」などと叫んでいる声が薄らと聞こえるけど、ロールちゃんとネッちゃんが押さえてくれた。クエストの余韻《よいん》が残ってるんだろうか。

とりあえず、お水とメニューを持っていく。

「ご注文はいかがいたしましょうか」

「別にぃ～」

赤ずきんさんは、とにかく怠《だる》そうだ。全然こっちを見ないし、メモ帳を取り出して何かを描《えが》いている。体調が悪いわけではないらしいので、そこは安心できた。

とはいえ、〝カフェ・アンチドート〟に〝別にぃ～〟というメニューはない。

「し、しかし、ご注文をいただけないと何を出せばいいのかわからず……」

「なんでもいいしぃ～」

こ、怖い。怒鳴《どな》られたり殴《なぐ》られたりするようなことはないのだけど、なぜかとても怖い。今までにないタイプのお客さんだ……。

静かに冷《ひ》や汗《あせ》をかいていると、狼男さんが助けてくれた。

『ほ、ほらっ、店員さんも困っているからっ……！　すみません、お料理は軽い食事がいいです。できたら刺激《しげき》のある物が』

「軽くて刺激のあるお料理ですね……でしたら、ピリ辛のホットサンドなどはいかがでしょうか」

『それでお願いします』

「ウチも～」

どうにかメニューを聞けたので、キッチンに戻る。注文を聞くだけでこんなに疲《つか》れるとは思わなかったよ。案の定、ロールちゃんは警戒心ＭＡＸだ。

「狼男と赤ずきんなんて、特段怪《あや》しい組み合わせだよ。昼間なのに変身しているのも怪しいし、さっきから赤ずきんさんは何を描いているんだろう。それもまた怪しい……」

『きっと、ホットサンドは前菜なんだニャ。メインディッシュは赤ずきんさんで、ペロリと一口で食べてしまうんだニャ』

ネッちゃんは色々と想像を膨《ふく》らませ、プルプル震えていた。赤ずきんさんが食べ物だとは思いたくないけどな。

キャンデさんもまた、険しい顔で私に命じる。

「赤ずきんが食べられないためにも、うまい飯で腹を満たすんだぞ」

「が、頑張《がんば》ります」

『可憐《かれん》な乙女《おとめ》の命が救われるか否《いな》かは、レベッカの腕《うで》にかかっているんだニャ！』

ネッちゃんだって真剣《しんけん》な顔でうまいご飯を作れ、と訴《うった》えかけてくる。もちろん、そんなに力強く訴えられなくても、おいしいお料理を私は作る。私にとって料理は、もはや仕事を通り越《こ》して至上命題だ。……至上命題なのだけど、改めて気合を入れ直しましょう。

冷静に調理すべし。そう、冷静に。

もう何度目の決心かわからないけど、強く強く念じた。自分に言い聞かせるように。

よし……………いける！

「まーずは〈トキシン小麦〉でパン焼くよー！　こねこねこねこね！　こねねんねん！」

「またこれか」

「そういえば、レベッカが落ち着いて料理できたことありませんね……」

『昔からの光景なんだニャ……』

キャンデさんもロールちゃんもネッちゃんも声が小さいなぁ。パンを練る音で何も聞こえないよぉ。

「お湯を混ぜて～！　混ぜ合わせ～！　むっちり、ぷにぷに、しっとりパ～ン！」

「「う、歌……!?」」

『無論、レベッカ自作の歌だニャ……』

心の中でパン作りの歌を歌いながら、小麦粉をこねる。徐々にまとまって、生地ができてきた。表面はつるんつるん、ぽんっと叩くとぷるんと揺《ゆ》れる生地……。ああ、素晴らしい。ちぎって丸めて、型にイン。

〈トキシン小麦〉は従来の小麦より熱がよく伝わる。だから、かまどで十分も焼けばほかのパンになってしまうのだ。

「その間にぃ！　具材の用意ぃ！　〈火焔バード〉のローストと〈ドキドキノコ〉のパリパリ炒《いた》めぇ！　まずはお肉から焼いてくよぉ！」

「見てると楽しくなっちゃうのはどうしてだろー！　うわーい、お肉が焼かれるよー！」

『ネッちゃんも楽しくってしょうがないニャー！』

「赤ずきんの運命はどうなるのかー！」

フライパンにスライスした〈火焔バード〉を入れる。ジュゥウ！　っという心地《ここち》良《よ》い音と、芳《こう》ばしい香りが漂《ただよ》った。塩コショウで味を調《ととの》えると、お肉から迸《ほとばし》る油がパチパチ跳《は》ねる。焼いているだけでお腹《なか》が空くねぇ。

「片面が焼けたところで〈ドキドキノコ〉を投入ぅ！　キノコの風味を味わい尽《つ》くせぇ！

お肉の味も染《し》み込むぞぉ！」

「森の香りが良い匂《にお》い～！」

『お肉とキノコは相性抜群《あいしょうばつぐん》に決まっているニャー！』

「私も腹が減ってきたー！」

〈ヴェレーノ牛〉の油でキノコを一緒《いっしょ》に炒める。からめるように炒めて、互《たが》いに素材の味を活《い》かし合うのだ。火が通ったらお皿に上げて余熱を取ろうね。

「お次は〈ホットマト〉を切ってくよ～！　サクサクサク、トントントン！　うす～く、うす～く、スライスにぃ！」

「切っただけで口の中が辛くなってきた～！　これはいったいどういうこと～！」

『なんだかネッちゃんは喉《のど》が渇《かわ》いてきたニャー！』

「私も今すぐ身体を動かしたい気分だー！」

〈ホットマト〉は切るだけで実の辛い成分が噴《ふ》き出してくる。思った通り、充分《じゅうぶん》に熟していたようだ。これは期待できますぞ～。

そろそろかまどの状態をチェック。〈トキシン小麦〉のパンはふっくらと焼き上がっていた。

「いい感じに焼き上がっているぅ！　少し冷ましてから切るよぉ！　最後の仕上げは〈フィーバークレソン〉！　こいつは生のまま食べられるぅ〜！　しっかり洗ってパンにイン！」

「もうじき完成だー！　こんなおいしそうなホットサンドは見たことないー！」

『ネッちゃんは冷ましてからいただくニャー！』

「私にもくれー！」

型から食パンみたいになった四角いパンを取り出す。耳の部分はカット。

〈火焔バード〉、〈ドキドキノコ〉、〈ホットマト〉、〈フィーバークレソン〉の順番に食材を載せていき、対角線上にサクッと切る。

例のごとく、みんなで味見。

『「うぅ〜ん、超美味《ちょうびみ》ハイパーデリシャ〜ス（ニャ）！」』

うん、今回もおいしくできた。ということで、カフェに運ぶ。赤ずきんさんは頬《ほお》が引き攣《つ》っていて、狼男さんはビクビクと怯《おび》えているような……。

極《きわ》めて緊張《きんちょう》しながらお料理をテーブルに乗せる。

「お、お待たせいたしました。〝火焔バードと森野菜のホットサンド〟でございます」

「マジうるさいんだけど」

「……申し訳ございません」

すかさず、ドストレートなご感想をいただいてしまった。本当に申し訳ない。もちろんのこと、ロールちゃんとネッちゃん、そしてキャンデさんは壁際《かべぎわ》で待機。

素知らぬ顔で佇《たたず》んでいるけど、三人とも騒《さわ》ぎまくってたよ……。

「ウチ、うるさいのマジヤバなんだけど？」

「……はい」

『ま、まぁ、賑やかで良いお店じゃないか』
マ、マジヤバってなんだ？　いや、良くない評価なのはわかる。狼男さん優《やさ》しいな。
というか、この二人はどういう関係性なんだろう。さりげなく様子を窺《うかが》うも、はっきりとした答えはわからなかった。

『赤ずきん、見てごらん。美味しそうだよ』

「ふ～ん、意外とオシャレじゃん」

狼男さんが言うと、赤ずきんさんはようやくメモ帳から目を離してくれた。入店直後よりはリアクションが良くてホッとする。

「あ、温かいうちにどうぞ」

「『じゃあ、いただきま～す』」

狼男さんと赤ずきんさんは、あ～んとホットサンドを口に運ぶ。

ひいい、お口に合ってくれ～い！

「『うびゃあああい！』」

「うわぁっ！」

ホットサンドを食べた瞬間、二人は激しい雄叫《おたけ》びを上げた。それはもう窓ガラスが割れるかと思ったよ。久しぶりだな、この感じ。

最近は静かなお客さんが多かったから、なんだか懐《なつ》かしかった。

『おで、こんなにうめぇホットサンドは初めてだぁ！　どぅやっだら、こんなうまいもん作れるだぁ⁉』

「なんておいしいお料理なのでしょう！　わたくし、感激してしまいましたわ！　実家のシェフでもこれほどのホットサンドは作れません！」

お二人とも興奮のあまり口調が変わってしまっている。そんなに喜んでくれるのは嬉しいけど、勢いに圧倒《あっとう》される私がいた。

嵐《あらし》の中に放り出された気分で佇んでいる間も、二人は勢いよくお褒《ほ》めの言葉をかけてくれる。

『この肉はなんだべかぁ⁉　噛《か》めば噛むほど旨《うま》みが増すし、それでいて後に残りすぎない絶妙《ぜつみょう》な脂《あぶら》の乗りだぁ！』

「わたくし、それほどお肉は得意じゃないのですけれど、このお肉ならいくらでも食べられてしまいますわ！　さっぱりした塩味も素敵《すてき》です！」

狼男さんも赤ずきんさんもホットサンドを置くと、ずずいっと身を乗り出した。

『「いったい、何のお肉を！」』

「そ、そちらは〈火焔バード〉のお肉を使っております。ジューシーな肉質が特徴的で、塩コショウで軽く味付けいたしました」

『「それはすごい！」』

お二人は口々に感想を述べまくる。それはもう称賛《しょうさん》の嵐だね。いや、ほんとに嵐のようだ。

『キノコの香り高い風味も素晴らしいだべな！　肉の味にほんのりと混ざり合う様は、まさしく食材の融合《ゆうごう》だぁ！』

「わたくし、キノコも苦手なのですけれど、あなたのお料理を食べて大好きになりましたわ！　今度から、この組み合わせでシェフに料理を作らせます！」

「良かったです、ありがとうございま……」

『「いったい何のキノコを⁉」』

いやはや、それにしてもすごい勢いだ。

「ド、〈ドキドキノコ〉という食材を使いました。ちょうど周囲の森に生えておりまして、私も焼いた後の香ばしい香りがとても好きです」

お料理が好評なのは良かった。赤ずきんさんの怖い雰囲気《ふんいき》も消え去っているし、これ幸い。

……が、お二人の顔は私の目の前だ。特に、狼男さんの牙が恐《おそ》ろしいことこの上なし。できれば、もう少し距離《きょり》を保っていただけませんか？

『それに、このトマトぉ！　辛いべぇ！　なんじゃ、このトマトはぁ！　一口食べたら止まらないんじゃよ！』

「わたくし、トマトも苦手なのですけれど、これからは毎日食べようと思いますわ！　今まで避《さ》けていたのがもったいないくらい！」

『「いったいどんなトマトを！」』

と、聞かれたので、精神と呼吸を整えてお答えする。

「ト、トマトには〈ホットマト〉を使いました。おっしゃる通り、ピリッとした辛さがおいしいトマトです。ホットサンドに合うかと思い、使わせていただきました」

『「それはすごい！」』

説明するたび、強烈に感嘆《かんたん》するお二人。ハイテンションの余韻で、狼男さんに私まで食べられないだろうかと不安になる。

心配すべきは赤ずきんさんではない。

私だったのだ。

『極めつきはこのクレソンだなぁ！　上品な辛さとほろ苦さが、そんじょそこらのホットサンドとは訳がちげえ！』

「わたくし、クレソンも苦手なのですけれど、実家の薬草園でも育てさせるようにしますわ！　苦くて辛いイメージがあって遠慮《えんりょ》してましたが、まさかこれほどおいしいとは！」

狼男さんと赤ずきんさんは、せーのっとタイミングを合わせて私に尋《たず》ねる。

「『いったいどんなクレソンを！』」

「フィ、〈フィーバークレソン〉でございます。洗っただけでシャキシャキする食感と、わずかに顔を覗《のぞ》かせる辛みと苦みは他のクレソンでは味わえません」

『「素晴らしい食材選択《せんたく》！」』

説明が終わるや否や、お二人はガツガツとホットサンドを食べる。こんなに喜んでくれるなんて嬉しいな。頑張って作ってよかった。お客さんの笑顔《えがお》を見ていると、私まで元気になるね。

一度キッチンに戻ると、キャンデさんとネッちゃんが出迎《でむか》えてくれた。

「よく赤ずきんを捕食《ほしょく》の危機から救ったな。お前ならやれると思っていた」

『おいしい料理を食べると人が変わるって本当ニャねぇ』

ロールちゃんはというと、隅っこでぶつぶつと何かを呟いている。

「二人とも、なんか別人みたいに変わったね。……この変わりようはなおさら怪しい」

まだまだ警戒心が抜けないようだ。お礼に財宝を貰ったら手の平返すのかな……。その光景が簡単に想像つくよ。

お食事が終わったところで〈ポイズンハーブ〉のお茶を出す。狼男さんも赤ずきんさんも、満足気な様子でお腹を擦《す》っていた。

「食後のハーブティーでございます。〈ポイズンハーブ〉から煎《せん》じました」

『いやぁ、お茶まで飲ませてくれるんかいな？　ここはすんばらしいカフェだぁ』

「実家で飲む物より何倍もおいしいですわ。シェフたちに飲ませたいくらい」

お茶を差し出すと、お二人とも笑顔で飲む。最初はどうなることかと思ったけど、喜んでくれてよかった。

そのまま静かに下がろうとしたら、狼男さんに話しかけられた。

『実は、おでたちは倦怠期《けんたいき》でなぁ。このままじゃ別れるんじゃないかと思ってたんだ。あっ、申し遅れたべさ。おではオルーフってもんだ』

「わたくしはクリムと申します。どうぞよろしくお願いいたします」

「レベッカ・サンデイズです。よろしくお願いします」

お二人と握手《あくしゅ》を交《か》わす。恋人《こいびと》同士とのことで、クリムさんが不機嫌《ふきげん》だったのも倦怠期と聞いて納得《なっとく》できた。オルーフさんは頬を赤らめ、隣《となり》のクリムさんに熱い視線を送る。

『さっきから、なんだか胸がドキドキしてたまらないんだぁ。これはきっと、クリムのことが好きでしょうがないいんだべなぁ』

「わたくしも胸がドキドキしてますの。これはきっと、オルーフさんの魅力《みりょく》に改めて魅《み》せられているんですわ。身体も熱いですし」

「胸がドキドキ……身体も熱い……」

それはきっと、お食事の影響《えいきょう》だと思います。〈火焔バード〉にだって、身体を熱くする効力がありますので……。

などと言うとまずそうなので、黙《だま》っておくことしかできなかった。

『おではクリムのことが大好きだべさー！』

「わたくしもオルーフさんのことが大好きですー！」

人目も憚《はばか》らず、ガッシ！　と抱《だ》き合うお二方。う～む……目のやり場に困るな。夜ならまだしも、今はまだ真っ昼間だ。ネッちゃんの教育にもよろしくないし。

止めるかどうしようか悩《なや》んでいたら、ロールちゃんがキッチンからすっ飛んできた。

「すみません！　うちはそういうお店じゃなくてっ……！」

『ああ、悪かったなぁ。お代はちゃんと払うべさ。ほら、これで足りるかいな？』

「とてもおいしいお料理をありがとうございました。どうか、こちらをお受け取りくださ い」

オルーフさんはとんでもなく美しい水晶《すいしょう》のナイフを、クリムさんは煌めく真珠《しんじゅ》のネックレスをテーブルに置く。即座《そくざ》に固まるロールちゃん。目をパチパチパチパチリ。

……まさか、この反応は！

「はわわ……ありがたく頂戴《ちょうだい》しますね！　はわわ……」

私が断る間もなく、どちらもガバッと猛《もう》スピードで回収してしまった。心底嬉しそうに抱き締《し》めるので、お返しすることなどできないね。

お食事はすぐに終わり、お帰りの時間となる。

『じゃあ、おでたちはそろそろ帰るべさ。絶対また来るかんな！』

「今日という日は一生忘れませんわ！　皆《みな》さまもお元気で！」

「「ありがとうございましたー！」」

オルーフさんとクリムさんは、仲睦《むつ》まじく手を取り合って森へ向かう。

それを見送る私たち。

今日もまた、お客さんを笑顔で送り出すことができた。

【第二章：〝イワナイ岩魚《いわな》とミニミニトマトのさっぱり冷製バジルパスタ〟】

オルーフさんとクリムさんのカップルが来店してから数日後。

カフェの前で、森へと食材調達に向かうロールちゃんとネッちゃんを見送る。

「じゃあ行ってくるね、レベッカ」

『期待して待っててほしいニャ』

「ありがとう、気をつけてね」

バイバイと手を振《ふ》ると、二人とも笑顔で森の中に歩いて行った。一緒に過ごすうちにだいぶ毒食材にも慣れてきて、私が忙《いそが》しいときは【毒消し】しなくても触《ふ》れるヤツを採ってきてくれる。

今日は開店前に作っておきたい、とあるものがあったのだ。

私もキッチンに戻り、道具などを準備する。

「さーって、頑張りますかー」

とあるものとは、パスタの生地。パスタは生パスタで出すのが、昔からの私のこだわりだ。もちろん、乾燥《かんそう》したものは長期保存できるし普通《ふつう》においしい。

でも、生パスタはそれ以上のもっちり感が出せるし、お客さんには小麦の新鮮《しんせん》な風味を楽しんでほしい。日持ちしないから、どれくらい用意するかの判断が重要だね。

まぁ、余ったら自分で食べましょう。ということで、精神統一。

相変わらずハイテンションで料理してしまう毎日だけど、冷静に調理する訓練は日頃《ひごろ》から積んでおくのが大事だ。

……よし、全力で落ち着いて料理するぅ！

「まぁずは、生ぃ地を作りましょうー！　使うのは〈トキシン小麦〉の小麦粉とぉ！　〈デビルエッグ〉の卵ぉ！　これも遠征でゲットしてきたよぉ！」

〈トキシン小麦〉から挽《ひ》いた小麦粉を、ボウルにイン！　真ん中に作った窪《くぼ》みには、〈デビルエッグ〉をぽちゃり！

軽く塩を振って味付けしたら、こねまくって生地にする。

二十分もこねたら表面は滑《なめ》らかで、触るとぷにっと弾《はじ》き返される素晴らしい弾力《だんりょく》が……。

「手に入った！」

後は切るだけだけど、その前に生地を一度休ませる。この時間を利用して、道具を片付け調理台を綺麗にしといた。

三十分後、作業再開。

「生地を薄《うす》～く伸《の》ばしたら～、ナイフをトントン！　トントントントン！」

ナイフで細長く切って一人分ずつに分けると、完の成。食べる直前に茹《ゆ》でる所存。

最後の片付けが終わったところで、ドアベルがカランッと鳴った。

「『ただいま～』」

「お帰り、二人とも」

食材調達に行っていたロールちゃんとネッちゃんだ。たくさん採ってきてくれたみたいで、行きは空っぽだった籠にはこんもりと食材が収まっている。

ロールちゃんがキッチンの調理台に広げた瞬間、私の全身を強い衝撃《しょうげき》が襲《おそ》う。

「お待たせ、レベッカ。今日は〝毒の森〟の東側に行ってみたんだけど……」

「これは〈チルバジル〉ー！　よく見つけてくれたねぇ、ロールちゃん！　さすがは一流の観察眼！」

「う、うん……また始まっちゃったか……」

『いつものことニャ……』

私が毒食材を見て喜ぶたび、二人はなぜか小言でぼそぼそと話し合う。いったい何を話しているんだろうね。

これは〈チルバジル〉。緑色の小さな葉っぱは普通のバジルそのものだけど、裏側には紫《むらさき》色の斑点《はんてん》模様が浮かぶ。チルしているようなのんびりした清涼《せいりょう》感が特徴《とくちょう》だ。

その代わり、大変強力な毒を持っており、そのまま食べると命が散る。毒消しが完了《かんりょう》すると、ネッちゃんが籠の赤い実を渡《わた》してくれた。

『はいニャ、レベッカ。これは北の方で……』

「〈ミニミニトマト〉が〝毒の森〟に生えていたなんてー！」

普通のミニトマトの半分くらいの大きさをした野菜、〈ミニミニトマト〉。目が覚めるような赤が美しく、小ささからは想像もつかないほどの果汁《かじゅう》が詰《つ》まっているけど、その名の通り身体がどんどん縮んでしまう毒を持つ。

毒消ししたところで、キャンデさんが森から帰宅した。今日はクエストはお休みで、魚や獣を採りに行ってくれたのだ。

キャンデさんが調理台に置いたのは、濃《こ》い茶色の皮に紫&緑の斑点模様が浮かぶお魚。

「今回は魚を釣《つ》ってきたぞ。こいつはたしか……」

「〈イワナイ岩魚〉じゃないですかぁぁあ！　Sランク冒険者《ぼうけんしゃ》にかかれば、どんなお魚も釣れてしまうんですねぇぇえ！　やっぱり、キャンデさんはすごい人！」

なぜか耳を押さえるキャンデさん。

このお魚は〈イワナイ岩魚〉。淡水魚《たんすいぎょ》らしい繊細《せんさい》な風味を持ちながら、存在感のある甘《あま》みがおいしい。旬《しゅん》でも身の脂は少なくて、それはもう軽《かろ》やか〜な食感。

とはいえ、そこは毒食材。食べると気持ちが高揚《こうよう》する毒があり、他の人から〝絶対に言わないで〟と注意された秘密でさえペラペラと話してしまうのだ。はい、毒消し。

数々の食材を前に、メニューを考える。

川魚にミニトマトにバジル、そして生パスタか……。しばし思案すると、この季節にピッタリのメニューが思《おも》い浮かんだ。

「夏らしく、冷製パスタにしようかな」

「『……いい（ニヤ）！』」

三人とも目をキラキラさせて叫《さけ》ぶ。好感触《こうかんしょく》みたいだね。

冷製パスタをメニューボードに書き込んだところで、ドアベルがカランと軽やかな音を立てた。

目を上げると、お姉さんがいる。短めのサラリとした茶髪《ちゃぱつ》は爽《さわ》やかで、鳶色《とびいろ》の瞳《ひとみ》が凜《りん》とした力強い印象だ。

「「いらっしゃいませ！　お好きな席にどうぞ！」」

お水を用意しておしぼりを用意して……と準備を進めるけど、お姉さんはいつまでも席

に座《すわ》らない。私たちを見て佇んでいるばかりだった。

どうしたんだろう……と思っていると、お姉さんが私の前に来た。

「お久しぶりです、レベッカさん。〝カフェ・アンチドート〟の皆さん」

「え……？」

お姉さんの言葉に、思わず聞き返してしまった。

あれ……お久しぶり？　しかも、〝カフェ・アンチドート〟の皆さんって言っていた。

つまり、私たちは会ったことがあるってこと？

もしかして、一度来てくれたお客さんだろうか。記《き》憶《おく》を探《さぐ》るけど、あいにくとお姉さんが誰《だれ》かわからない。

お客さんの顔は忘れないはずだけどな……。

後ろを振り向くと、ロールちゃんもネッちゃんもキャンデさんも、私と同じように不思議そうな顔でいた。

そんな私たちを見て、お姉さんは恐る恐る尋ねる。

「覚えていらっしゃいませんか？」

「……すみません、どうしても思い出せなくて」

私がそう答えたら、お姉さんは鞄《かばん》から何かを取り出した。騎士《きし》の人が被るような、しっかりした兜《かぶと》だ。

どうして兜を？　と思う間もなく、お姉さんはかぽりと被る。

「これならわかりますか？」

んんん～？

兜を被ってから、お姉さんの着るおしゃれなブラウスとロングスカートが、頭の中で徐々《じょじょ》に重厚《じゅうこう》な鎧《よろい》に変換《へんかん》される。そう言われれば、なんだか見覚えがあるような……。

ぼや～としたひっかかりが少しずつはっきりとした形を作り、正体に気づいたときズギャンッ！　と強い衝撃を受けた。

ま、まさか、この人は……。

「『女衛兵さん！』」

私とロールちゃん、ネッちゃんの叫び声がカフェに響《ひび》く。

そう、お姉さんは王様と一緒に来た女衛兵さんだったのだ。

鎧兜《よろいかぶと》を装備しているときとは全然雰囲気が違《ちが》って、今の今までまったく気がつかなかった。

「気づかなくてすみません。兜を被っとると印象が全然違いまして。……あ、別に、うまいことを言おうとしたわけじゃなくてですね……」

「いえいえ、よく言われますから。思い出していただけてよかったです」

お姉さんと握手を交わすけど、キャンデさんはなぜか大笑い。

「わざわざ被るために持ってきたのか！　というか、兜を被っとる……あひゃひゃひゃひゃひゃっ！」

どうやら、色々とツボにはまってしまったらしい。

豪快《ごうかい》な笑い声が響く中、お姉さんは深々と丁寧《ていねい》なお辞儀《じぎ》をする。

「ご挨拶《あいさつ》が遅《おく》れてすみません、私はアリスという名前です。その節はレベッカさんに大変お世話になりました」

アリスさんはいつもは王国騎士団《きしだん》に勤めていらっしゃって、今日は休暇《きゅうか》を取って来店してくれたそうだ。なんてありがたいこと。席にご案内したアリスさんにメニューを渡す。

「どうぞ、こちらがメニューです」

「ありがとうございます。……うわぁ、以前訪《おとず》れたときより増えてますね～。こうやってメニューを捲《めく》るのをずっと楽しみにしてたんですよ。あっ、これがいいです」

アリスさんが指差したのは、先ほど追加したばかりの冷製パスタ。

「わかりました。少々お待ちください」

「は～い」

ネッちゃんたちと一緒にキッチンに戻《もど》った私は、ぐいっと袖《そで》を捲《まく》る。せっかく来てくれたアリスさんに、おいしいパスタをご馳走《ちそう》するぞ！

調理を始める前に、今一度自分に言い聞かせる。アリスさんにカッコいいところを見せるためにも、落ち着いて料理をしましょう。

前に王様と来たときはテンションを上げてしまったけれど、今度はきっと大丈夫《だいじょうぶ》。

水を沸《わ》かし、愛《いと》しの生パスタを投入。

さーって、お次は……全力でナイフを握《にぎ》るぅ！

「〈イワナイ岩魚〉の調理ぃ！　下処理が済んだらフライパンで焼いていくぅ！　……ああ～！　脂の爆《は》ぜる音がたまらない～！」

「相変わらず、すごい勢いだな……」

「そのうち、レベッカの料理風景も名物になりそうですね……」

『ごもっともニャ……』

ネッちゃんたち三人はぶつぶつと何かを話しているけど、ハイテンションな状態ではあいにくとよくわからないね。

〈イワナイ岩魚〉は蒸《む》し焼きにすると、身がよりふっくらと仕上がる。パルグタウンから仕入れた白ワインも少し入れて、しばらく蓋《ふた》を閉めておく。

おいしく焼けますよ〜に！　と神様にお祈《いの》り！

その間にやることは……。

「〈ミニミニトマト〉は綺麗《きれい》に半分こ！　でも、〈チルバジル〉の切り方は荒々《あらあら》しく！　どうしてか、わかるかなぁ？　はい、ロールちゃん！」

「えっ！　い、いや、いきなり聞かれても……！」

「綺麗な切り口と荒々しい切り方で、見た目のコントラストをつけるのぉ〜！」

食材の切り方一つで、料理の印象はグッと変わる。変化をつけると、見た目もより印象深くなるのだ。全体的にかっちりしてると、堅苦《かたくる》しい感じもあるからね。

このとき、〈ミニミニトマト〉の皮もしっかり剥《む》いておくこと！　皮は食べにくいから！

さてさて、〈イワナイ岩魚〉の様子はどうかなぁ〜？

蓋を開けると、広がるは楽園。ワインの香りと香《こう》ばしい匂いが、白い湯気と一緒にふんわり立ち上った。

「「……うう〜ん、いい香り〜」」

ご満悦《まんえつ》な表情のロールちゃんと堪能《たんのう》する。香りだけでお腹も満たされる気分だ。

一度お皿にのせた後は、フォークとナイフで骨を取る。冷製パスタだから、ついでに魚の身も冷やしたいところ。

「骨骨抜《ほねぬ》きき、骨抜きき！」

「『すごいスピードだ……』」

身をほぐしながら小骨を取ると、焼きたて熱々を冷ますこともできるよ。骨を取り除いた〈イワナイ岩魚〉を見て、ネッちゃんも嬉《うれ》しそう。

『骨がないと食べやすそうニャね～』

「摘《つ》まみ食《ぐ》いするなよ、ネッ！」

『だから、ネッちゃんは猫《ねこ》・妖・精ニャ！　というか、摘まみ食いなんてしたことないニャ！』

「嘘《うそ》つけ！」

傍《かたわ》らでキャンデさんとネッちゃん何かを話している。楽しそうでいいね。生パスタが茹で上がるまであと少し。

お魚の身が冷えるまでの待ち時間もあるし、この間にソースを作るぞ。〈チルバジル〉をすり鉢《ばち》に入れ、すりこぎ棒で磨《す》り潰《つぶ》す。

「〈チルバジル〉をご～りごり。あ、それ、ご～りごり」

「『ご～りごり（ニャ）！』」

備蓄《びちく》しておいた〈ポイズンオリーブ〉も投入し、〈チルバジル〉と一緒に混ぜる。

さらに追加するのは〈夏ナッツ〉。夏の時期だけ実るレアなナッツ。他の堅果《けんか》にはないリッチな風味と豊かな触感《しょっかん》が素晴《すば》らしい……けど、食べると次の夏まで寝《ね》続けてしまう毒がある。もう毒消ししてあるので問題ない。

塩コショウを適宜《てきぎ》加えて味を調整したら、これも完の成。濃厚《のうこう》で鮮《あざ》やかな緑のソースができた！

後は具材とパスタに絡《から》めるだけだけど……。

「ここでポイントが一つ！　ソースを絡めるのはパスタだけぇ！　何でかわかりますかぁ？　はい、キャンデさん！」

「な、なにっ⁉　それはつまりだな……！」

「はい、ネッちゃん！」

『え！　え～と、え～と……！』

「食材が全部緑になると、せっかくの色合いが活かせないからぁ！」

〈イワナイ岩魚〉の白、〈ミニミニトマト〉の赤、〈チルバジル〉の緑……。具材もソースに絡めると、全部緑がかった色合いになっちゃう。

料理は見た目でも食べる人を楽しませないとね！　ということで、できあがったパスタをアリスさんに運ぶ。

……いくぶんか落ち着いたテンションで。

「……お待たせしました。こちらが〝イワナイ岩魚とミニミニトマトのさっぱり冷製バジルパスタ〟でございます」

「わぁぁ、綺麗なお料理！　白、赤、緑のコントラストが素敵です！　バジルの香りも食欲をそそりますね～」

「すみません、騒がしくて……」

「いえいえ、元気いっぱいでこちらまでパワーが貰《もら》えましたよ。では、いただきま～す」

アリスさんは怒《おこ》ることなく、むしろ元気だと褒めてくれた。心に沁《し》みる優しさを感じながら、パスタを食べるのを見守る。

「……おいしい！」

一口食べた瞬間《しゅんかん》、その鳶色の瞳がキラキラキラキランッと輝《かがや》いた。そのまま、興奮しながらお話しされる。

「このお魚は身は小さいのにギュッと詰まっていて、ほんのり顔を出す甘みも素晴らしいですね」

「それは〈イワナイ岩魚〉です。この辺りは川の水が冷たいので、身が引き締まって食べ応えがあるんです。骨は全部抜き取りましたので、安心してお召《め》し上がりください」

「どうりで食感もいいと思いました。手間がかかったお料理がいただけて嬉しいです」

おしゃれなアリスさんは、自分が言うのも何だけどパスタが大変似合い絵になる。くるりんくるりん、とフォークを回しては上品にお口に運ぶ。〈ミニミニトマト〉と一緒に食べると、またもや瞳がキラキラキランッと煌《きら》めいた。

「甘酸《あまず》っぱい果汁がすごい……。バジルとの相性《あいしょう》が抜群《ばつぐん》ですね」

「そのトマトは、〈ミニミニトマト〉という品種です。とても小さい実なのですが、自然の恵《めぐ》みが詰まりに詰まったおいしい毒食材なんです」

アリスさんは食べるたびにおいしいと言ってくれ、私も嬉しい。

フォークが止まることはなく、あっという間にお皿は空っぽになってしまった。

「……ごちそうさまでした～。本当においしかったです。お代はロールさんにお渡しすればいいですかね？　……どうぞ、お願いします」

「あ……ありがとうございます。わたしが貰います……」

パスタを食べ終わったアリスさんは、銅貨を八枚ちゃりんと渡す。正当な料金に、ロールちゃんはちょっと残念そう。

……言っておくけど、これが普通だからね？

食後に、お客さんみんなにサービスしている〈ポイズンハーブ〉のお茶を出すと、これまた爽やかさっぱりで大変素晴らしいと評してくれた。

しばらくお喋《しゃべ》りに花が咲《さ》いた後、アリスさんは丁寧にカップを置く。

「レベッカさん、今日はとてもおいしいお料理をありがとうございました」

「こちらこそ、食べに来てくれてありがとうございました。どうぞまたいらしてください」

喜んでくれてよかった。また来てくれると嬉しいな。そう思っていると、アリスさんはふと真剣《しんけん》な顔に変わった。

姿勢を正して私を見るので、自然と背筋が伸びる。どうしたんだろう……？　と思う間もなく、アリスさんは言った。

「実は……レベッカさんに頼《たの》みたいことがあるんです」

「頼み……ですか？」

そう聞き返すと、アリスさんはこくりとうなずいた。相変わらず真摯《しんし》な表情なので、きっと重要な頼み事《ごと》なんだろうと想像つく。

もしかして、また王様がいらっしゃるのかな……などと推測する中、アリスさんは衝撃《しょうげき》的《てき》なセリフを言った。

「私には従姉妹《いとこ》が一人いまして、毎年夏になると〝アルビオン・ビーチ〟でヴィラを運営しているんです」

「「えっ⁉　〝アルビオン・ビーチ〟でヴィラを⁉」」

その言葉を聞いて、私とロールちゃんの驚《おどろ》きの声がカフェに響いた。

〝アルビオン・ビーチ〟とは、ここフリーデン王国の南に位置するとっても美しいビーチ。透明感《とうめい》あふれる碧色《へきしょく》の海に真っ白な砂浜《すなはま》は、国内一の美しさと言っても過言ではない。

一年を通して天候も安定しており、のんびり休暇を楽しむには持ってこい。お金持ち御《ご》用達《ようたし》のリゾートとしても大変に有名。

そんなところでヴィラを経営できるなんて、従姉妹さんはすごい人だ……。

私とロールちゃんが「ほぁぁ～」としていると、アリスさんはさらなる事情を説明した。

「従姉妹のヴィラでは食事も用意しているのですが、毎年来てくれるシェフが馬車横転の事故に遭《あ》ってしまったんです。命に別状はないものの、しばらくはナイフも握れない状態らしいのです」

「そうだったんですか……」

お話に、私はため息交じりに答える。食材を運搬《うんぱん》する馬車に同乗していたら、強風に煽《あお》られて横転してしまったらしい。ナイフも握れないのであれば、料理なんてとてもできない。怪我《けが》で済んだのが不幸中の幸いかもしれなかった。

アリスさんは席を立つと、より一層真剣な瞳で私を見る。

「そこで、従姉妹にレベッカさんのお話をしたところ、シェフの代わりとしてぜひ来ていただきたいとのことなんです」

「私にぃ⁉」

まさかまさかのお願いに、私は大慌《おおあわ》てで言った。

「で、でも、〝アルビオン・ビーチ〟なんてお金持ちばかり来るんですよね⁉　高級料理を食べ慣れている人を満足させられるかすごく不安なんですが！」

「レベッカさんの腕前《うでまえ》なら絶対に大丈夫です。王様をも満足させたのですから。今日お料理を食べて、私も改めてそのおいしさを実感いたしました」

アリスさんは私の手を力強く握って語る。

ヴィラで働く期間は一ヶ月半くらいで、寝泊《ねと》まりできる場所も用意してくれるらしい。すぐにでも受け入れる準備が整っていますよ……とも教えてくれた。

「……どうでしょうか、レベッカさん。もちろん、従姉妹は報酬《ほうしゅう》も弾《はず》むと言っていましたよ」

「そうですねぇ～……」

アリスさんのお話に私は悩む。

海なんて、もう何年見てないかわからない。照りつける太陽、輝く青の海、空に浮《う》かぶは真っ白の柔《やわ》らかい雲……。想像しただけで気持ちが高揚する。

また見たくないと言えば嘘だった。夏は海のベストシーズンだし。

そもそも、Sランクのプライベートビーチである〝アルビオン・ビーチ〟なんて、こういう機会でないと行くことさえできないだろう。

でも、カフェの営業もあるからな……。そんなに長期間お店を閉めるのは良くない気がする。

相談しようとみんなを見たら、ロールちゃんもネッちゃんも瞳がキラキラキランのキラキラリ。

「行こう、レベッカ！　海に！」

『ネッちゃんも海行きたいニャ！』

二人とも身を乗り出して、叫ぶように言う。輝く瞳がもう海に行きたくてしょうがない、と主張していた。

ロールちゃんは両手の拳《こぶし》を握り、興奮気味に話す。

「わたし、海に行ったのは何年前かわからないよ。たまには森以外の景色も見たいっ」

「たしかに、周りは木ばっかりだもんね」

この地域自体が内陸なので、海は本当に見る機会がない。一番近い海辺でも馬車で半日はかかるくらいだ。

ネッちゃんもまた小さな両拳を握り、わくわくとした様子で話す。

『海なんてなかなか見られないニャよっ。ここはぜひ行くべきニャッ』

「……ネッちゃんは水が嫌《きら》いなんじゃなかったっけ？　いつもお風呂《ふろ》嫌《いや》がるし……」

『あ、いや、海はいいのニャ』

ネッちゃんはお風呂は嫌いなくせに、水遊びは好きなのだ。そそくさと私の後ろに隠《かく》れるのと入れ替《か》わり、ロールちゃんが元気よく言う。

「というわけで、海に行こう、レベッカ。宿泊《しゅくはく》のお客さんは滅多《めった》に来ないし、宿は一ヶ月くらい閉めても平気だよ」

「う～ん、でも、キャンデさんのご飯も作らないと」

最後まで言い切る前に、件のキャンデさんにがっしと肩《かた》を握られた。ほら、やっぱり。

カフェをお休みにするのは難しいんじゃ……。

「問題ない。私もついていく」

「あっ、そうですか。それなら問題ないですね」

というわけで、カフェを休業するのは大丈夫そうだ。私はアリスさんに右手を差し出す。

「では、アリスさん。そのご依頼《いらい》……謹《つつし》んでお受けいたします！」

「ありがとうございます、レベッカさん！　そして、〝カフェ・アンチドート〟の皆さん！　従姉妹も大いに喜ぶはずです！」

握手を交わし、無事海行きが決定した。従姉妹さんには自分から連絡《れんらく》してくれるとのことで、アリスさんをみんなでお見送りする。

姿が見えなくなるや否《いな》や、ロールちゃんがパンッ！　と手を叩《たた》いた。

「これから忙しくなるぞー！　さっそく準備を始めなきゃー！」

それから、私たちは海行きの準備に追われる毎日を送ることになった。

まず、カフェ兼《けん》宿は一時休業となるので、そのお知らせをしないといけない。〝毒の森〟の入り口に「〝カフェ・アンチドート〟はしばらくお休みです」の看板を設置したり、休業案内の紙も作ってパルグタウンの案内板に掲示《けいじ》させてもらった。

キャンデさんも「ギルドの連中に伝えておこう。あいつらは口が軽い。放っておいても、勝手にカフェ休業の話は広まるだろう」と言って、冒険者ギルドの皆さんに伝えてくれた。

〝ル・スクワロ商会〟を運営するスクアーさんにも、今月の分の〝ポイクッキー〟を納品するときカフェ休業のお手紙を入れておく。お手数ですが、ご連絡は〝アルビオン・ビーチ〟にお願いします……とも。これで、休業中にお客さんが来ることはないだろう。

一ヶ月半と結構な長期間なので、着替《きが》えやら日用品の用意やら、旅の準備もすることが多くて大変だ。

買い物をしながら、オルーフさんとクリムさんに貰った水晶のナイフと真珠のネックレスも、パルグタウンの銀行に預けた。〝利息がさらにつく〟と聞き、ここでもロールちゃんは大喜び。

あくせくと準備をするうちに五日が過ぎて、とうとう海に行く日がやってきた。

ロールちゃんの元気な声が、パルグタウンの馬車乗り場に鳴り響く。

「さぁっ、みんな準備はいい!? 忘れ物はないね? 次戻ってくるのは一ヶ月半後だから!」

彼女《かのじょ》は朝から一番張り切っており、忘れ物がないかもう何度も確認《かくにん》された。何はともあれ、キャンデさんやネッちゃんも嬉しそう。

「海か……久しぶりだな。私もなんだかんだ楽しみだ」

『ネッちゃんすごくワクワクするニャ。レベッカはどうニャ？』

海……それは今は亡《な》きお母さんとの思い出が詰まる大切な場所。ヴィラでのお仕事も楽しみだし、また行けるなんて嬉しい。

「もちろん、私も楽しみだよ」

みんなで南へ向かう馬車に乗り、ガタゴトと揺《ゆ》られていく。

目指すは国内有数の美しいビーチ、〝アルビオン・ビーチ〟だ。

【第三章：憧《あこが》れのビーチと海辺の街】

「『……せーのっ、空気が海（ニャ）！』」

みんなのハイテンションな声が、青い空と碧《あお》い海に響く。目一杯《めいっぱい》深呼吸すると、爽やかな潮の香りが身体中《からだじゅう》を吹《ふ》き抜けた。木々の香りも好きだけど、やっぱり海はいいなと思う。

パルグタウンで馬車に乗って、ちょうど七日後。とうとう、私たちは〝アルビオン・ビーチ〟に着いた！　今は街の入り口にある馬車乗り場から、ビーチ全体を見渡《みわた》している。

水平線の彼方《かなた》まで、晴《は》れ渡った青い空と鮮やかなアクアマリンの海が続く。空も海も同じ青なのに全然違うね。砂浜に降りなくても、眺《なが》めているだけで心が豊かに満たされる。

ロールちゃんとネッちゃんも、何度も深呼吸しては満足げに呟《つぶや》いた。

「……はぁ～、いい香り～。プライベート・ビーチは潮の香りも普通の海とは違うんだねぇ～」

『ネッちゃんもいい気分ニャ～。早く遊びたいニャね～』

キャンデさんも少し後ろで控《ひか》えているけど嬉しそう。

「まぁ、悪くはないな。見渡す限りの青と碧は非常によい色合いだ。潮風の爽やかさも悪くない。総じて非常に悪くない」

などとぶつぶつ言っては、景色の素晴らしさや潮の香りを褒《ほ》めていた。〝アルビオン・ビーチ〟は天候が安定してるという話だったけど、たしかに良い天気だ。

「なんだか、太陽の光も森とは違うよ。わたし……この日差し好き！」

「そうだね。私もそう思ってたところ」

ロールちゃんが言うように、太陽の日差しは森より強いけど刺《さ》さるような痛みはまったくない。痛いどころか、当たるだけで私たちに元気な夏のパワーをくれる。もちろん、暑いは暑いけどね。

陽光を堪能していたら、ネッちゃんが空を指して叫んだ。

『レベッカ、お魚の雲ニャ！』

「何匹《なんびき》も飛んでるみたいだね」

空には夏らしい白雲がぽんぽんと見える。お魚に見えたり、鳥に見えたり、ケーキに見えたりと、色んな形がいっぱいだ。吹き抜ける空と澄《す》み渡った海のせいか、空に浮かぶふわふわの雲まで不思議と近くに感じてしまう。

ビーチには南方地域特有のヤシの木もたくさん生えていて、右も左も上も下も海感満載《まんさい》なことこの上なし！

「この素晴らしい海で一狩《か》り行きたい気分だ」

とは、キャンデさんの談。

景色を見るたびに、改めて本当に海に来たんだな、と強く実感した。

新鮮な海の空気と街の雰囲気《ふんいき》をひとしきり楽しんだところで、私はみんなに呼びかける。

「じゃあ、そろそろ従姉妹さんのところに行きましょうか」

「は～い」

「了解《りょうかい》」

『わかったニャ』

荷物をよいしょと持ち直し、私たちはアリスさんの従姉妹さんが住んでいるというビーチ近くの丘《おか》へと向かう。心なしか、ただの丘までおしゃれに見えてしまうね。歩きながら、カフェでの出来事を思い出す。

王国騎士団に勤めるあのアリスさんの従姉妹さんか……いったい、どんな人なんだろうな～。

丘を登ることおよそ三分くらいで、私たちは従姉妹さんのお家と思われるコテージに着いた。壁《かべ》は明るい水色で、濃い青をした三角屋根の二階建て。木組みのデザインがとても可愛《かわい》らしい。色は塗《ぬ》られているけど木造のためか、どことなく雰囲気が〝カフェ・アンチドート〟にも似ていて親近感が湧《わ》く。

ただ、問題が一つ。目の前のコテージは二軒《けん》なのだ。どっちも同じデザインだけど、どちらが従姉妹さんの家かわからない。

ネッちゃんとキャンデさんは別に気にしてないのか、お家を見ながらああだこうだと感想を述べる。

『なんだかお家もおしゃれニャ。こんなに海が近いところに住めるなんていいニャね～』

「ああ、まったくだ。身体を動かすにはもってこいの環境《かんきょう》じゃないか」

反して、ロールちゃんはどことなく顔が硬《かた》い。

「どうしたの、ロールちゃん」

「ヴィラの経営までしてるんだから、きっとすごい人だ……。わたし緊張《きんちょう》してきちゃったよ」

「まぁ、たしかにそうだね。一応、地図でもう一度場所を確認する？」

「賛成」

念のため、アリスさんに貰った地図で再確認。うん……やっぱり、ここが従姉妹さんのお家で間違《まちが》いないね。

みんなで話し合った結果、まずは右のコテージを訪ねてみようと決めた。

「じゃあ、ロールちゃん。代表してご挨拶を……」

ドアに送り出そうとしたら、ロールちゃんの全身がグッ……と硬くなった。そのまま、これまた険しい表情で言う。

「レベッカ行って」

「え……？　でも、〝カフェ・アンチドート〟も宿もロールちゃんの物だから、私が行くよりは……」

「レベッカ行って」

どうやら、ロールちゃんは大変に緊張しているらしい。ということで、私が代表してドアをノックする。こっちが従姉妹さんのお家だったらいいな～。

コンコンと叩きしばし待つと、ガチャッと扉《とびら》が開かれた。三十代前半くらいの、濃い緑のセミロングな髪型《かみがた》のお姉さんが顔を覗《のぞ》かせる。

「あら、こんにちは。可愛いお嬢《じょう》さんたちね。もしかして、あなたたちが〝カフェ・アンチドート〟の皆《みな》さんかしら？」

「はい、アリスさんのご紹介《しょうかい》で来ました。私はカフェで料理を作っているレベッカ・サンデイズと申します」

「やっぱり、そうだったのね。私はアリスの従姉妹のマドレーヌよ。もう聞いたと思うけど、ここ〝アルビオン・ビーチ〟で、夏の間だけヴィラを経営しているわ。まぁ、別荘《べっそう》みたいなものね。どうぞよろしく。さぁ、入ってちょうだいな」

「「お邪魔《じゃま》しまーす……」」

案内され、私たちも中に入る。見た目もおしゃれだったけど、室内もおしゃれ。

壁は外と同じように青く塗られていて、床《ゆか》はシックな茶色。木が剥き出しで、綺麗な木目がほどよいアクセント。

棚《たな》には帆船《はんせん》の模型やネッちゃんの好きそうな魚の置物などが飾《かざ》られ、部屋中に海感があふれている。こんなに素敵《すてき》なお家が別荘とは……いやはや、すごいし羨《うらや》ましい。

お家に入ると、みんなも続けて自己紹介した。

「ロ、ロールです。〝毒の森〟でカフェと宿を運営しています。よろしくお願いします」

『猫妖精《ねこようせい》のネッちゃんだニャ』

「キャンデだ、よろしく頼む。巷《ちまた》では、〝惑乱《わくらん》の凶星《きょうせい》〟と呼ばれることが多い」

三人の自己紹介を受けて、マドレーヌさんはさらに喜ぶ。

「こちらこそお願いね。ロールさんはまだ少女なのに、宿やカフェを運営しているなんて立派よ。ネッちゃんさんも可愛いわ。そして、キャンデさんはあのSランク冒険者なんでしょ？　これまたすごい人たちが来てくれて私も嬉しいわ～」

「ありがとうございます！」

『ありがとニャ！』

褒められたロールちゃんとネッちゃんは喜びの声を上げる。晴れやかな表情から、緊張はなくなったとわかり安心した。

自己紹介も終わったしお仕事の説明が始まるのかなと思っていたら、マドレーヌさんが笑顔《えがお》で言った。

「もう一人、みんなに紹介しておく子がいるわ」

「「もう一人……？」」

尋《たず》ね返すと同時に部屋の奥《おく》からパタパタと何かが飛んできて、彼女の肩にふわっと止まる。

三〇センチメートルくらいの白い鳥だ。羽と尻尾《しっぽ》の先っぽは黒くて、嘴《くちばし》は黄色。頭に被《かぶ》った セーラー帽《ぼう》と首に巻いた紺色《こんいろ》のスカーフがファッショナブルで、つぶらな黒い瞳も可愛いね。

私たちが「その鳥はいったい……？」と尋ねると、マドレーヌさんは鳥の喉《のど》を撫《な》でながら教えてくれた。

「この子はウミネコ妖精《ようせい》のメーヴェ。もうずいぶんと長いこと一緒《いっしょ》にいるわ」

「『ウミネコ妖精!?』」

マドレーヌさんの言葉に、キャンデさん以外の私たちは驚きの声を上げる。妖精自体がなかなか出会えない珍《めずら》しい存在だけど、ウミネコ妖精なんて初めて聞いた。

驚く私たちに、当のメーヴェくんは右の翼《つばさ》でピシッと敬礼する。

『よろしくお頼み申します！　こう見えても、歴《れっき》とした海の漢であります！』

「『こちらこそよろしく（ニャ）』」

とても礼儀《れいぎ》正《ただ》しい性格のようで、私たちも姿勢を正しながら翼の先っぽと握手《あくしゅ》をする。

ロールちゃんは「可愛い！」、キャンデさんは「悪くない」と言っており、中でもネッちゃんがひときわ喜んでいた。

『猫妖精とウミネコ妖精なんて似ているニャ！』

『その通りであります！』

ネッちゃんとメーヴェくんは手（翼）を取り合って喜んでいる。新しいお友達ができてよかったね、ネッちゃん。

マドレーヌさんもその光景を嬉しそうに見ながら話す。

「海で働く間、レベッカさんたちは隣《となり》のコテージに泊《と》まってね。内装はこの家と同じよ。

「じゃあ、さっそくヴィラを紹介するわ。ついてきて」

どうやら、隣のコテージもマドレーヌさんの別荘だったらしい、すごい……ということで、みんなでビーチの方角に丘を歩く。

海辺を見下ろせる小高い丘の上が宿泊エリアになっているようで、十軒《じつけん》くらいのコテージみたいな平屋が不規則に建ち並ぶ。

その一つ、扉にウミネコのイラストが描《えが》かれている平屋の前で、マドレーヌさんは立ち止まった。

「ここが私の運営するヴィラよ」

「『おおお〜!』」

景観保護のためか周りのヴィラも似たようなデザインだから、間違えないようにしないといけないね。中に入ると、これまたおしゃれ具合に私たちは感嘆《かんたん》とする。

壁には海と空の美しい絵が何枚も飾られ、ところどころ埋《う》め込《こ》まれた綺麗な貝殻《かいがら》が非日常な特別感を演出。ベッドルームには真っ白なシーツが敷《し》かれ、爽《さわ》やかな柑橘系《かんきつけい》の香水《こうすい》が部屋を彩《いろど》る。どの窓からも海が見渡せ、目を楽しませた。このヴィラは海にとても近いので、窓を開けるだけで潮の香りが漂《ただよ》う。

私にとって一番重要なキッチンも、〝カフェ・アンチドート〟より大きくて立派。お鍋《なべ》やフライパンにナイフの他、レードルやボウル、粉ふるいなど、必要な調理道具は全て揃《そろ》っていた。かまどの火力も申し分なし。まるで一流のホテルみたいで、今すぐにでも料理を始められる。

ヴィラ全体は外から見るよりずっと広く、五人家族くらい泊まっても十分なスペースだった。

ひとしきり室内の設備などを確認した後、マドレーヌさんが言った。

「じゃあ、レベッカさん。お願いしたいお仕事の内容を教えるわね」

「お願いします」

私たちはマドレーヌさんからお仕事の詳細《しょうさい》を聞く。

基本的にヴィラは一日一組限定で、場合によってはお客さんが連泊《れんぱく》することもあり。朝食のみ、朝夕付き……などお客さん毎《ごと》にプランが異なり、それに合わせてヴィラで食事を用意するのが私の仕事。無毒化した毒食材を使ったおいしくて安全な料理……ということも、予約のときに併《あわ》せて説明してくれるとのことだ。

ネッちゃんやロールちゃん、キャンデさんも配膳《はいぜん》やお皿洗いを手伝ってくれるということで話はまとまった。

「……ヴィラの清掃《せいそう》やその他の業務は私がやるから、レベッカさんは料理に集中して。それと、お客さんがいないときは海で遊んでいいからね」

「『やった（ニャ）ー！』」

マドレーヌさんの言葉に、私とネッちゃん、そしてロールちゃんは両手を挙げて喜ぶ。

〝アルビオン・ビーチ〟に来るまでの馬車で、ヴィラでのお仕事が終わったら海で少し遊んでから帰ろうとみんなで話していたのだ。キャンデさんは興味なさそうにそっぽを向いているけど、その顔には薄《うっす》らと微笑《ほほえ》みが浮かんでいた。

そこまで話したところで、マドレーヌさんはパンッと手を叩く。

「さて、最初のお客さんが来るのは一週間後よ。まだ時間があるから、〝アルビオン・ビーチ〟の街も案内してあげるわ。毒食材を提供してくれる漁師さんも紹介したいしね」

『漁師さんはすごく良い人で、街並みもすごく素敵であります！』

「『ぜひ、お願いします！』」

私たちは二人の後ろに続き、わくわくと歩を進める。

プライベート・ビーチの街か…………くぅぅ、楽しみ！

「……着いたわ、みんな。ここが〝アルビオン・ビーチ〟の街、シーサイドタウンよ」

『みなさん、どうでありますか！　自分はこの街が大好きです！』

「『綺麗なところ〜！』」

ヴィラエリアから歩くこと五分。

私たちはシーサイドタウンと呼ばれる街に着いた。建物の壁や石畳《いしだたみ》などはいずれも眩《まぶ》しいほどの白を基調としており、全体的に美しい白色の街並みだ。

海の青は街の白を際立《だ》たせ、街の白は海の青を引き立てる……。はっきりとした爽やかなコントラストが、夏の爽快感《そうかい》をより一層強くした。仄《ほの》かに香る潮の香りが海辺と違《ちが》ってまた心地《ここち》よく、何度も深呼吸したくなってしまう。

そんな私たちに、マドレーヌさんは微笑みながら街を指す。

「さあ、行きましょうか。市場は街の中心にあるのよ」

『街の中はもっと綺麗で楽しくあります！』

二人に続いて街を進む。ジュエリーショップにブティック、レストラン、はたまたスパなど、高そうでセンスの良いお店がいっぱい。道行く観光客もおしゃれで、いかにもセレブな人たちばかり。高級なホテルもいくつかあって、街全体は活気にあふれている。

ロールちゃんの好きそうな宝飾店《ほうしょくてん》は何店舗《なんてんぽ》もあって、いつもの「はわわ……」がたくさん聞けそうだ。

色んなお店があるんだな〜、などと思いながら歩いていたら、ネッちゃんが気になるお店があると、私を引っ張る。ガラス細工を売るお店らしく、店先のショーケースには多種多様なモチーフのガラス製品が並んでいた。

『レベッカ、最終日はお土産《みやげ》買って帰ろうニャ。ネッちゃんはガラスでできた、このお魚が欲《ほ》しいニャよ』

「まぁ、お財布《さいふ》と相談だね」

とは言ったものの、買えるか不安になる。売っている物は全て、小さな置物一つとってっても目玉が飛び出るほどお高い。たしかに出来は素晴らしいのだけど、この大きさで⁉　というのが正直な感想だ。王国きってのリゾートビーチということもあって、富裕層《ふゆうそう》向けのお店が多いのだろう。

眺めるだけでお金が取られるんじゃないかと私は一人で不安になっていたけど、ロールちゃんは構わずハイテンションで捲《まく》し立てる。

「あっ！　ダイヤが置いてある！　あっちのショーケースには、ルビーにサファイヤにオパールまで！　こんなにたくさんの宝石が置いてある通りなんてすごいねぇ！　頼んだら一つくらい分けてくれないかなぁ！」

「う、うん……」

ロールちゃんは高そうな宝石店やジュエリーショップを見つけては、満月のように瞳《ひとみ》を光《ひか》り輝かせる。なんだか、海を見たときより嬉《うれ》しそうだね。

そして、一つだけ言わせてもらうけど、〝置いてある〟んじゃなくて〝売っている〟んだと思うよ。

下手したら本当に貰いに行くんじゃないかとひやひやしていたら、隣からはキャンデさんの不服そうな呟きが聞こえた。

「……なんだ、何にもないな。鍛冶屋《かじや》とか武器屋はないのか？」

「さすがに、ちょっと……難しいんじゃないですかね……。リゾート地域ですし……」

立ち並ぶ宝石店やアパレルショップから店員さんが営業のために現れては、キャンデさんが睨《にら》みつけて追い返す。

やはりというか何というか、装飾品《そうしょくひん》とかおしゃれな服とかにはまるで興味がないようだ。防具や武器の方が好きなんだろうね。でも残念ながら、冒険者《ぼうけんしゃ》向けのお店はないと思います……。

あれこれと感想を言いながら数百メートルも歩くと、大きな広場が現れた。何軒《なんけん》もの出店が所狭《ところせま》しと並び、野菜や果物、お肉にパンにと、たくさんの食べ物を売っている。

マルシェだ。

私はこれほど大きな規模のマルシェは初めて見た。今まで青と白がメインの色合いだったけど食べ物の豊かな色合いが目に飛び込んできて、より一層華《はな》やかになった。

あと、やっぱりおしゃれ。お店のデザインや店員さんのファッションは元より、食べ物ですらどことなくスタイリッシュな雰囲気が漂う。

あくまでもリゾートビーチのマルシェなんだな～などと納得《なっとく》していたら、マドレーヌさんが私に話しかけた。

「ねえ、レベッカさん、ちょっと聞いて？」

「はい、何でしょうか」

「漁師の人は本当にすごい人なのよ」

「そうなんですか。私もお会いするのが楽しみです」

先ほどから、マドレーヌさんはしきりに「これから会う漁師はすごい人」という話を繰《く》り返す。千年に一人の逸材《いつざい》だとか、これほど素晴《すば》らしい漁師は世界中でこの人しかいないだとか、私の言うことは何でも尊重してくれるだとか、とにかく褒めては褒めちぎる。

いったいどれほどすごい漁師なのか、私たちは大変に興味を惹《ひ》かれていた。そのまま、マドレーヌさんはマルシェの一角に私たちを連れて行く。

色取り取りの輝くお魚たちがぎゅうぎゅう詰《づ》めの氷に乗っている光景を見て、遠目からでもお魚屋さんだとわかった。

「……はい、ここが毒食材を獲《と》ってきてくれる漁師、ライアンのお店よ」

マドレーヌさんは片手で嬉しそうに指さす。軒先《のきさき》には店主と思われる日焼けした快活そうなお兄さんが立っており、私たちを見ると笑顔で手を振ってくれた。

「こんにちは、君たちが〝カフェ・アンチドート〟のメンバーだね。僕《ぼく》はライアン。見ての通り漁師さ。会えるのを楽しみにしていたよ」

「『こんにちは、よろしくお願いします（ニャ）』」

私たちはライアンさんとも握手をし、自己紹介を交《か》わす。

この人も三十代前半くらいで、よく見たらお店の壁にはウミネコのイラストが描かれている。いや、ライアンさんが着る半袖《はんそで》の左胸にもだ。さらには、今気づいたけど、二人の薬指には銀色の指輪が煌めく。どちらも同じデザイン。

ということは、まさか……。

マドレーヌさんは右手を、ライアンさんは左手を出してハートマークを作った。

「「実は、私（僕）たちは夫婦《ふうふ》で、今年で結婚《けっこん》して十年になりま～す！」」

「『おおお～！』」

マルシェに明るい声が響《ひび》き、キャンデさん以外の私たちは拍手《はくしゅ》する。やっぱり、お二人はご夫婦だったのだ。どうりで、マドレーヌさんがやたらと「これから会うのはすごい漁師」と褒めるわけだ。旦那《だんな》さんを自慢《じまん》したかったんだね。

　仲が良くて羨ましい……のだけど、二人はハートマークを作ったまま動かない。いや、熱く手を取り合っている！

「マドレーヌ、紺碧《こんぺき》の海より真っ白な砂浜より、何よりも君が美しい。君を思うたび、僕の心は荒波《あらなみ》のように激しく波打つんだ」

「ライアンこそ、真夏の太陽より輝《かがや》いているわ。あなたの眼差《まなざ》しで日焼けしてしまいそう」

「マドレーヌ……」

「ライアン……」

　……おや？　二人の様子が……？　となったところで、メーヴェくんのウウン！　という咳払《せきばら》いで雰囲気は元に戻《もど》った。

『みなさん呆然《ぼうぜん》としているであります！　人前では控えていただきたいと、何度も申し上げております！』

「「……はっ！」」

　メーヴェくんに注意され、二人はハッとする。どうやら、いつもの光景らしい。何はともあれ、仲が良いことは良いことだ。

　ライアンさんはこほんっ、と咳払いして、陳列棚《ちんれつだな》の下から四角い木箱を出してくれた。

普通《ふつう》の魚たちと同じように氷に載ったそれらを見て、私はとんでもなく強い衝撃《しょうげき》を受ける。

ふらふらとしてしまう私に構わず、ライアンさんは笑顔のまま説明を始めた。

「これが頼《たの》まれた毒食材だよ。危ないから分けてるんだ。まず、これは……」

「〈ラメヒラメ〉じゃないですかぁ！」

『恥《は》ずかしいから外では止めてくれニャ……！』

ネッちゃん、何を止めてって～？

まず視界に入ったのは綺麗《きれい》なラメ模様のヒラメ、〈ラメヒラメ〉。淡泊《たんぱく》な味わいの中に海の風味が溶《と》け込んでいてとても美味なのだけど、目に入る物全てがラメ色に見えてしまう毒がある。煮《に》るのがおすすめ。

次に私の目は、黒とピンクの縞々《しましま》模様が綺麗なハート型のお魚に釘付《くぎづ》けとなった。まさか、まさか、まさか……!?

「こここ、これは〈デビルフィッシュ〉ー！　非常に綺麗な海にしか住まないのー！」

「レベッカ、声抑《おさ》えて！　みんな見てるよ！」

ロールちゃん、何が見てるって～？

〈デビルフィッシュ〉は可愛いお魚なのだけど、ピンク色の皮部分に毒がある。そのまま食べると、水に触《ふ》れるだけで全身が激しく痛む。蒸《む》し焼きにするとふんわり仕上がっておいしい。

さらにお次は、掌《てのひら》サイズの大きな貝。貝殻にぼんやりと浮かぶ骸骨《がいこつ》の模様が特徴的《とくちょうてき》だね。

お魚ではないけど、これも立派な海の毒食材だった。

「〈デスシェル〉なんて海辺じゃないと見れませんよぉ！　キャンデさん！」

「わ、私を巻き込むな……！」

キャンデさん、何を巻き込むなですって～？

この貝は〈デスシェル〉。とても堅《かた》い殻《から》と強力な毒で身を守る。食べると毒により身体の肉が少しずつ溶け落ちちゃう。しかし！　貝の中でも大変肉厚であり食べ応え抜群《ばつぐん》だ。

酒蒸《さかむ》しがベストな食べ方。

「こんなに色んな毒食材が採れるなんて、豊かな漁場なんですねぇ！」

〝テトモモハ〟ではなかなか見かけない毒食材がたくさんあり、テンションが上がってしまってしょうがない。しょうがないったら、しょうがない。

興奮する耳に、マドレーヌさんとライアンさんの呟きがぼんやりと聞こえる。

「私、レベッカさんがどんな人かよくわかった気がするわ……」

「僕も彼女がどんな人かわかった気がするよ……」

いったい、二人は何を話しているんだろうね。そのうち徐々《じょじょ》に気持ちが落ち着いてきて、気になっていたことをライアンさんに聞いてみた。

「ところで、この辺りでは毒食材はよく採れるんですか？」

「浅瀬《あさせ》には滅多にいないね。採れるのはほとんどが沖合さ」

「なるほど……沖合……」

ということは、毒食材の漁は結構大変なのだろうか。……という疑問を察したのか、ライアンさんは笑顔で言ってくれた。

「でも、心配はいらないさ。僕は元々、沖合まで船を出していてね。希望の種類があればそれを狙《ねら》ってくる。もちろん、自然が相手だから確約はできないけど」

「ありがとうございます。でしたら、前日にでもお伝えさせていただきます」

食材は新鮮《しんせん》なほど良いから大変にありがたい。マドレーヌさんとも相談し、お客さんが来る前日か、前々日には料理に合わせた毒食材の漁をお願いすることで決まった。

お仕事の相談などはこれにて一旦《いったん》終わり。

ラブラブなお二人&メーヴェくんと別れ、私たちはシーサイドタウンのメインストリートに戻る。

のんびり歩いていると、ロールちゃんがわくわくとした様子で話した。

「ねえ、この後どうしよっか」

『ネッちゃん、海行きたいニャよ』

「そうだねぇ……」

たしかに、せっかくの海だ。ただ眺めているだけではもったいない。

……そうだ。

「この機会に泳ぎの練習をしよう！」

「『大賛成（ニャ）！　泳ごー、泳ごー、泳ゴーゴー（ニャ）！』」

ロールちゃんとネッちゃんは両手を挙げて、わ～いわ～いと喜ぶ。私は泳げないので、今後のためにも苦手を克服《こくふく》しておきたい。

そして、泳ぎが得意な人と言えば……。

「あの～、キャンデさん」

「なんだ？」

「私は泳げないのですが、もしよかったら泳ぎの練習を見てくれませんか？」

そう、我らが〝惑乱の凶星〟キャンデさん。とても強い冒険者なのだから、剣術《けんじゅつ》や魔物との戦闘《せんとう》以外にも泳ぎだって大得意のはず。

案の定お願いしたら、こくりとうなずいてくれた。

「ああ、別に構わんぞ。よし、指導をつけてやろう。この夏で絶対に泳げるようにしてやる」

「ありがとうございます、キャンデさん！　心強いです！」

荷物の整理やレシピの下準備などが終わり次第《しだい》、さっそく練習を見てもらうことになった。

Sランク冒険者直々の指導か～。どんな練習になるのか、今から楽しみだ。

□□□

「……レベッカ、足が遅《おく》れているぞ。もっと早く動かせ。怠《なま》けているのか？」

「は、はい、すみません。怠けてません」

キャンデさんの腕《うで》に掴《つか》まりながら、伸《の》ばした足を一段と強く動かす。正直、もう休みたいのだけど、休憩《きゅうけい》時間はまだまだ先だ……。

〝アルビオン・ビーチ〟に着いてから、六日後。

ヴィラにお客さんが来るのは明日なので、私たちは今、ビーチの一角で海水浴を楽しんでいる。……いや、楽しんでいるのはロールちゃんとネッちゃんだけ。私は赤い髪《かみ》のお姉さんの下、ただひらすらに足を動かす。

目下取り組んでいるのは、バタ足の練習だった。すでに三十分ほど練習しており、私の両足は鉛《なまり》のように重い。

一縷《いちる》の望みをかけて、厳粛《げんしゅく》で厳格で辛辣《しんらつ》な指導者に頼む。

「あの……キャンデさん、そろそろ休憩はいかがでしょうか。もう足が攣《つ》りそうで……」

「気合いでどうにかしろ。気持ちが弱いのが原因だ。休憩はしない」

「そ、そんな……」

懸命《けんめい》にバタ足を続ける。心を強く持つも、足が攣りそうな気配は少しも消えてくれない。

精神面は別に関係ないんじゃ……と薄ら思ったけど、黙《だま》っておいた。

キャンデさんの指導は大変に厳しい。スパルタの中にふと見せるスパルタが、またさらにスパルタを際立たせる。要するに、とにかく辛くて厳しい練習なのだ。

こ、これがSランク冒険者の指導……。泳ぎを習得する前に、私の身体が動かなくなりそうだ。

私がバタ足する横からは、ロールちゃんとネッちゃんの楽しそうな声が聞こえる。

「……ぷはぁっ！　残念、貝殻かぁ！　今度こそ金貨か宝石だと思ったのになー！」

ロールちゃんは浅瀬で素潜《すもぐ》りしては、財宝が落ちてないか探している。何か一つでも見つかればいいいね。

『……冷たくて気持ちいいニャ～！　もっとこっち来てもいいニャよ～！』

ネッちゃんは波打《なみう》ち際でパチャパチャと海水を触《さわ》っては喜んでいる。私もあれくらいの緩《ぬる》さがよかった……。

「……なに、よそ見してるんだ？」

「いや、してません！　決してよそ見などしていません！　前を向いて練習させていただきます！」

ロールちゃんたちに向いていた顔を前に戻し、足をバタつかせる。

日が暮れるまで……いや、沈《しず》んだ日がまた昇《のぼ》るまでこのままなんじゃないかと不安になっていたけど、予想に反してバタ足の練習は五分ほどで終わった。

あれ～？　と思いながら立つと、キャンデさんが言う。

「今日の訓練はこれにて終了《しゅうりょう》とする」

「えっ、いいんですか？」

「これ以上やると、筋肉痛の可能性があるからな。ヴィラでの仕事に支障が出たらまずいだろう」

「……キャンデさぁん」

心に染《し》み入るお言葉……。やっぱり、キャンデさんは優《やさ》しい人なんだね……。

「仕事を控えていない日はビシバシ指導するからな」

「あ、はい」

と、思った直後、厳しいお言葉をいただいた。

何はともあれ、その後はロールちゃんとネッちゃんとも合流し、四人でボール遊びをしたり、砂のお城を作ったりして遊んだ。どれも森にいてはできないことばかりで、何度も遊びたいと思えるほど本当に楽しい時間だった。

あっという間に日が暮れて夜が訪《おとず》れ、宿泊《しゅくはく》用のコテージで寝《ね》る準備をする。二階のロフト部分が就寝《しゅうしん》用のスペース。

屋根の一部はガラス張りになっていて、小さくも美しい夜空が見えた。毎夜こんな素晴らしい景色に見守られて眠《ねむ》れるなんて、本当に贅沢《ぜいたく》だ。

深い藍色《あいいろ》のキャンバスに浮《う》かぶ白の粒々を見て、顔の横に寝そべるネッちゃんが言う。

『この夏の間に、絶対〝猫座《ねこざ》〟を見つけるニャよ』

「私も探すの手伝うね」

〝アルビオン・ビーチ〟に来てから、ネッちゃんは毎夜、自分の姿に似た星座がないか探していた。

私たちの話を聞いて、両脇《りょうわき》に寝そべるロールちゃんとキャンデさんも星空を見て話す。

「これだけ星があるんだもの。きっと見つかるよ」

「そこは〝猫妖精座〟じゃなくていいのか?」

星空を見ながら、みんな思い思いの話をする。私も夜空を眺《なが》めていると気持ちが穏《おだ》やかになり、ふぅっと小さな息を吐《は》いた。

明日、ヴィラに初めてのお客さんが来る……。

レシピや毒食材の準備は完了《かんりよう》しているものの、やっぱり、緊張するな。でも、私がやるべきことは、いつも通りおいしい料理を作るだけ。

そう思っていると、知らない間に眠っていた。

【第四章：〝ラメヒラメのムニエルと夏野菜のグリル〟】

「……いよいよ、お客さんとのご対面か。緊張しちゃうな」

『レベッカなら絶対うまくいくニャよ』

優しいネッツちゃんに「ありがとう」と返し、ロールちゃんやキャンデさんと一緒にヴィラに向かってひた歩く。毒食材は氷を入れた箱に保管しているから結構重い。みんなが運ぶのを手伝ってくれてありがたかった。

翌日を迎《むか》え、ヴィラでの初仕事――お昼ご飯の調理――がやってきた。何度か深呼吸して気持ちは落ち着いたけど、やっぱり緊張するね。いつもはお店でお客さんを待っていればいいけど今回は逆だし、何より今日のお客さんは超《ちょう》セレブだと聞く。

セレブと言えば、サンデイズ食堂には辺境伯《はく》様が来たり、〝カフェ・アンチドート〟にはスクアーさんみたいな商会長の他にも王様まで訪れたことがある。それでも、やはりお金持ちの人はそれだけでプレッシャーを感じた。

ドキドキと歩く私に対して、先ほどからロールちゃんは「はぁぁ～……」が止まらない。

「はぁぁ～……こんなことって本当にあるんだねぇ～。まさか、あの〝ジャクリーン・ジラルド〟のクリエイティブデザイナーに会えるなんて～」

「よかったね、ロールちゃん」

〝ジャクリーン・ジラルド〟と言えば、王国で一番有名な服のブランド。世界的なファッションショーでも毎年最優秀《さいゆうしゅう》賞を獲るほどで、新作が発売するたび争奪戦《そうだつせん》になるようだ。

その特徴《とくちょう》は何と言っても、豪快《ごうかい》にちりばめた宝石や金糸銀糸の刺繍《ししゅう》で飾られた煌《きら》びやかなデザイン。私は別に興味を惹かれないけど、世の令嬢《れいじょう》にとっては〝ジャクリーン・ジラルド〟の服を夜会で着ることが重要なステータスになるらしい。もちろんのこと当然のようにお高くて、ドレス一着でサンデイズ食堂の年間売り上げに匹敵《ひってき》するほど。

そんなすごいファッションブランドのトップがお客さんで、ロールちゃんは尚《なお》のことため息を吐きながら喋《しゃべ》る。

「はぁぁ～……一着でいいから欲しいな～。もし手に入ったら、毎日磨《みが》き上げて過ごすんだけど～……」

もしかして、服そのものより飾りの宝石の方が欲しいんじゃないのかな……と思ったけど黙っておいた。もし貰《もら》ったら、その日のうちに刺繍の金糸や銀糸も解いてしまいそうだね。

上の空な様子のロールちゃんを見て、キャンデさんが呆《あき》れた口調で話す。

「……ったく、ファッションなどくだらんな。服など全て布じゃないか。布ごときに高い金を出す気持ちがわからん。レベッカもそう思うだろ？」

「いや、まぁ、言ってしまえばそうなんですけど……。ちょっと辛辣過ぎると言いますか……パンは全て小麦だと言うのと同じと言いますか……」

『そういう話じゃないんだニャ』

キャンデさんは本当にファッションへの興味がなさそう。

そのまま数分ほど歩き、ウミネコマークのヴィラに着いた。今一度深呼吸し、玄関《げんかん》を丁《てい》寧《ねい》にノックする。

「ジャクリーンさん、失礼します。お昼ご飯を作りに来た、料理人のレベッカ・サンデイズでございます」

「ちょっと待ってなさい。今、開けるから」

扉の向こう側から芯《しん》の通ったハスキーな声が聞こえ、ガチャリと開かれた。

現れたのは、眩しいオレンジ色の髪と目をした中年の女性。髪の毛の右半分は頭の横で編《あ》み込まれていて、左半分はそのまま垂らしたアシンメトリーな髪型だ。

マーブル模様のライムグリーンのワンピースは、オレンジの髪を一段と引き立たせる。

ブランドの特徴を示すように、服の裾《すそ》や首元に小さなルビーとサファイヤがちらばってい
た。ロールちゃんの好きそうな服だね。お化粧《けしょう》もバッチリで全体的にすごい派手なのだけど、馴染《なじ》んでいてすごい。

これが〝着こなし〟ってヤツか……。

ファッションセンスに圧倒《あっとう》されたところで、私は現実に戻りみんなを紹介《しょうかい》する。

「こちらは猫妖精のネッちゃんに、ロールちゃん、キャンデさんです。みんな、お料理を手伝いに来てくれました。精一杯頑張《せいいっぱいがんば》りますので、どうぞよろしくお願いします」

頭を下げて挨拶《あいさつ》するも、返答はない。代わりにジッ……という視線を感じ、頭の上からハスキーな声が降ってきた。

「三〇点」

「……え？」

頭を上げると、ジャクリーンさんは見定めるような目で私を見ている。視線の理由も気になるけど、点数の正体も非常に気になる。

三〇点、って何だろう。

もしかして、料理人のオーラとか威厳《いげん》とかそういうのの評価だろうか。きっと百点中の三〇点だろうから、すこぶる悪いことになる。

これはちょっとまずいんじゃないの……？

ひやひやする私に、ジャクリーンさんは端的《たんてき》に告げた。

「あなたのファッションの点数よ」

「そうですか」

よかった。どうやら、服装の点数だったらしい。安心する私を置いて、ジャクリーンさんはネッちゃんを見た。

「猫に服は必要ないわね」

『だから、猫妖精《ねこようせい》ニャ！』

ネッちゃんの評価はスルーされ、ファッションチェックの視線はロールちゃんに向かう。

「あなたは三十一点ね」

またもや厳しい評価。

ちなみに、ロールちゃんは別にダサくはない。毎日三つ編みを上手に結んでいるし、カチューシャもおしゃれ。ただ単に、ジャクリーンさんのセンスが尖《とが》りまくっているのだろうな、と思った。

「はぁあ〜……、あのジャクリーンさんにファッションチェックされちゃった〜……。三〇点超《ご》えのご褒美《ほうび》に、余りの飾《かざ》りとかくれないかな〜」

当のロールちゃんは点数など気にせず、心ここにあらずといった表情で呟《つぶや》く。憧《あこが》れのファッションデザイナーから服装についてのコメントを貰ったのが、大変に嬉しいようだ。

そして、やっぱり「はわわ……」するのは財宝を貰ったときだけなんだね。

最後に、ジャクリーンさんはキャンデさんを見た。

「あなたは全然ダメね。一番ダメ。服は古臭《ふるくさ》くて汚《よご》れているし、髪もボサボサ。こんなに酷《ひど》いファッションセンスの持ち主は初めてよ。よく外を歩けるわね」

「なんだと⁉」

冷めた目で放たれたコメントに、キャンデさんは怒《いか》りの声を上げる。

「点数のつけようがないわ。……いえ、マイナス666点ってところかしら。生まれ変わって赤ちゃんから勉強し直しなさい。見るからに野蛮《やばん》すぎ」

「言わせておけばっ！」

「『キャンデさん、抑えて！』」

いつもの重そうな長剣《ちょうけん》を振りかぶる、我らがSランク冒険者をみんなで止める。ジャクリーンさんは私たちのファッションについて小言で文句を言っていたけど、どうにか室内に入れてもらうことができた。

「言っておくけどね。私は機嫌《きげん》が悪いの。ださい料理を出したら追い出すから。考え事するから静かにしててよね」

そう言うと、ジャクリーンさんはさっさと書斎《しょさい》に入ってしまった。

私はネッちゃんたち三人とキッチンに行き、諸々《もろもろ》の準備をする。支度《したく》を整える間もなく、みんなはファッションチェックの感想を述べる。

「はぁ～、三十一点とかわたし史上最高記録だよ～。これはご褒美《ほうび》貰《もら》ってもおかしくないと思うな～」

『ネッちゃんもネクタイとかつけようかニャ～？』

二人はのほほんとしているけど、キャンデさんはなんだかひと際激しかった。

「レベッカ、あの女を打ち負かしてやれ！　いや、絶対に倒《たお》せ！　いいな？　絶対だぞ！ただ勝つだけじゃダメだ！　完全に圧倒しろ！」

「が、頑張《がんば》ります」

キッチンで毒食材を並べ、静かに深呼吸する。ヴィラでの初めてのお料理。

ジャクリーンさんのためにも、美しくておいしい料理を作るぞ！

そして、調理を始める前に、大事なことが一つ。

先ほど、ジャクリーンさんは機嫌が悪いと言っていた。要するに、今まで以上に冷静な調理が求められる。

改めて考えなくても、うるさいよりかは静かな方が良いに決まっているだろう。ただでさえ、ファッションチェックで低い点数をいただいてしまったのだ。これ以上余計な減点は避《さ》けたいところ。

気持ちを鎮《しず》めて精神統一。

……よし、静かに調理しろ、レベッカァー！

「最初にやるのは下準備ぃ！　何の下準備かってぇ？　それはもちろん、〈ラメヒラメ〉！　はいはいはいはいはい、〈ラメヒラメ〉！」

『ジャクリーンさんは静かにしてほしいんじゃなかったのかニャ！』

「書斎にいたって聞こえるよ！」

「いいぞいいぞ、もっとやれ！」

頭の片隅《かたすみ》で三人の声が聞こえるような気がするけど、きっと気のせいだ。

〈ラメヒラメ〉の下処理は迅速《じんそく》に完了！　味付けは塩コショウで軽《かろ》やかに。〝カフェ・アンチドート〟から持ってきた〈トキシン小麦〉の粉でコーティング。

フライパンでじっくり焼き始めたところで、調理台に緑、紫《むらさき》、赤の食材を出す。

「次の出番は、お魚じゃなくて野菜たち！　〈ズキズッキーニ〉、〈夜気ナス〉、〈業火トマト〉の三銃士《さんじゆうし》ぃ！　よく来てくれたぁ！」

「そんなに騒《さわ》いだら三〇点超《ご》えのご褒美が貰えなくなっちゃうよ！」

『まだ貰えると決まったわけじゃないニャ！』

「やれやれ、レベッカ！　ぶちかませ！」

この野菜類は、キャンデさんがリゾート近く（といっても、常人では徒歩数時間くらい）の山から見つけてきてくれた。

〝アルビオン・ビーチ〟にあるのは海と富裕層向けのお店ばかりなので、キャンデさんは「泳いでばかりでは逆に身体が鈍《にぶ》りそうだ」と言い、散歩と称《しょう》して遠出することが多い。ここにある毒野菜たちは、その道中で発見したそうだ。

ジャクリーンさんが来るまでの間、私も連れて行ってもらい、いくばくか採取してきた。毒食材が待っていると思えば、キャンデさんのスピードにも余裕《よゆう》でついていけたね。

〈夜気ナス〉は黒と紫のマーブル模様なナス。食べると毒により夜の空気が吸えなくなってしまうけど、焼くだけでアクが抜《ぬ》けて甘《あま》くなる不思議なナス。

〈業火トマト〉はその名の通り、とっても熱いトマト。果汁《かじゅう》には地獄《じごく》の業火で焼かれるほどの強烈《きょうれつ》な痛みの毒を含《ふく》む。その代わり、果肉は分厚くて豪華《ごうか》な味わい。どれも毒消ししてあるので問題ナッシング。

それぞれ均等な大きさに切って、オーブンにイン。十分ほどグリルするのだ。

さて、後は……。

「お魚と野菜に火が通るまで、ソースを作りますよぉ！〈アシッドレモン〉の爽《さわ》やかソース！」

「夏らしくていい！」

『さっぱりしてそうニャ！』

「お前の実力を見せつけてやれ！」

私がハンドジューサーで果汁を搾《しぼ》っているのは、ビビッドイエローな果物、〈アシッドレモン〉。強い酸性の毒により身体が溶かされてしまうけど、毒消しすれば爽やかなほどよい酸味となってくれる。白ワインを加えながら、フライパンで煮詰《につ》めてソースにグレードアップ。

〈ラメヒラメ〉に馴染ませること数分、調理が完了。お皿に、載《の》せて、いきまっしょう。

「スーパーハイパー盛り付けで、仕上げの仕上げ、大仕上げ！」

「『いけいけ、レベッカ！　さあいけ、レベッカ！』」

ふんわり焼き上げた〈ラメヒラメ〉を崩《くず》さないようお皿の中央に丁寧に置く。周りの彩《いろど》りには野菜たち。

最後に〈アシッドレモン〉の余ったソースを振《ふ》りかけ、これにて完成だ。同時に、上《じょう》昇《しょう》したテンションも元に戻る。

「……では、お出ししてきます」

「『行ってらっしゃ～い』」

お料理を持って、リビングに向かう。ジャクリーンさんは書斎にいるのかと思ったけど、すでにテーブルに座《すわ》っていた。

「お待たせしました。こちらが〝ラメヒラメの……」

「あのね」

「は、はい」

最後まで言う前に言葉を遮《さえぎ》られ、ドキリと心臓が脈打つ。ごくりと唾《つば》を飲むと、ジャクリーンさんの不機嫌《ふきげん》な声が私を貫《つらぬ》いた。

「うるさいわ」

「……大変申し訳ございません」

さっそく、お叱《しか》りのお言葉をいただいてしまった。いったい、今ので何点くらい減点されたのだろうか。とても怖《こわ》くて考えられないよ。

そして、毎度のごとく私だけ怒《おこ》られるのはなぜだ。ネッちゃんたちはいつも通り壁際《かべぎわ》で静かにしているし……。

何はともあれ、気を取り直して料理をテーブルに置く。

「こちらが本日のご昼食、〝ラメヒラメのムニエルと夏野菜のグリル〟でございます」

ジャクリーンさんはキラキラと煌めく〈ラメヒラメ〉をジッと見たまま動かない。その目は私たちのファッションチェックをしたときよりもずっと険しく厳しくて、自然と背筋が伸びた。

目を皿のようにして料理を眺めること数十秒、小さくも芯のある声が呟かれた。

「……九十八点」

なんと！　予想以上の高得点！

喜ぶも、上限は千点とか一万点とかじゃないですよね？　とは、これまた怖くて聞けなかった。

「まぁ、見た目は良いわね。魚のラメ模様は光っていて綺麗だし、食材と色が合っている」

「ありがとうございます。野菜と同じ色合いのものを選びました」

〈ラメヒラメ〉は個体によって模様の色が微妙《びみょう》に違《ちが》う。ライアンさんが獲ってきてくれたものの中から、トマトの赤、ナスの紫、ズッキーニの緑がある個体を選んだのだ。

料理は見た目も大事だから。

ジャクリーンさんは香りをかぎながら、さらなるコメントを述べる。

「食材の配置もカラーハーモニーが維持《いじ》されている。あなたみたいな地味な人が作ったとは思えない華やかさを感じるわ」

「そんなに褒《ほ》めていただけて嬉《うれ》しいです」

とうとうと盛り付けについてお褒めの感想を述べた後、ジャクリーンさんは「あ〜ん」とムニエルをお口に運ぶ。

どうにか、見た目の関門はクリアできた。後は一番大事な味だ。

頼む、ムニエル……！　良い点数を稼《かせ》いでくれ〜！

一口食べた瞬間《しゅんかん》、ジャクリーンさんは席を立った。

ど、どうしたの……？　と思う間もなく窓辺に近寄り、海に向かって叫《さけ》ぶ。

「美味絢爛《けんらん》！」

ここのヴィラは海と近いので、美味絢爛……美味絢爛……美味絢爛……という木霊《こだま》が余《よ》韻《いん》を持って鳴り響いた。

唖然《あぜん》とする私たちをよそに、ジャクリーンさんは何事もなかったかのように席に戻る。

そのまま、至って普通に食べながら話す。

「おいしさのあまり叫んでしまったわ。レベッカさんだっけ？　あなた、なかなかやるわね」

「あ、ありがとうございます」

どうやら、叫ぶほどおいしかったらしい。びっくりしたけど嬉しいね。

ジャクリーンさんは上機嫌《じょうきげん》でムニエルを食べながら、ありがたい感想を述べてくれる。

「このお魚はずいぶんと身がふっくらしているじゃない。ふかふかで柔《やわ》らかいけど、引き締《し》まっててとても食べ応えがあるわ。寒い日も丁寧に包み込《こ》んでくれる、真綿のアウターみたいな食感よ」

「蒸し焼きにしたのと、〈トキシン小麦〉の小麦粉でコーティングしたおかげで身の水分が抜けきらなかったんです」

「へぇ〜、よく考えているのね」

ただ焼くだけだと、水分がどんどん抜け出てしまう。〈ラメヒラメ〉は元々薄《うす》いお魚なので、少しでも肉厚で食べ応えのある食感にしたかったのだ。

ジャクリーンさんはフォークで身を刺《さ》すと、くるりとソースに回しつける。頬張《ほおば》った瞬間、またもや笑《え》みがその顔にあふれた。

「何と言っても、このレモンソースが本当に爽やか。海の横で食べるのにぴったりよ。味付けもそれほど濃《こ》くないのに、ちゃんと主張しているわ。まさしく春夏秋冬の万能《ばんのう》アイテム、ストールみたいなアクセントね」

「そちらは〈アシッドレモン〉のソースです。搾った後に熱することで、酸味を柔らかにしました」

酸味の味付けは加減が大事だ。当然のごとく、酸《す》っぱすぎると食べられないし、かと言って弱すぎるとそれはそれで料理のノイズになってしまう。弱火でじっくり火を通したのが効果的だったね。

〈ラメヒラメ〉を堪能《たんのう》した後、ジャクリーンさんはグリル野菜にもフォークを伸ばす。

「この野菜達《たち》も毒食材なの？　普通の野菜にしか見えないわ」

「はい、そちらは〈ズキズッキーニ〉、〈夜気ナス〉、〈業火トマト〉でございます」

「やっぱり、珍《めずら》しい食材を使っているのねぇ。さて、どんな味なのか……あら、ズッキーニはほろ苦い大人の味が素晴《すば》らしいわ。ナスだって、こんなに甘いものは初めて。トマトはあふれる果汁がジュースみたいよ」

「そんなにお褒めいただいてありがとうございます。その野菜たちは、〝アルビオン・ビーチ〟から離《はな》れた山から採ってきたものです」

どこの山か聞かれたので、徒歩だと数時間かかると言うと大変に驚《おどろ》かれた。そんな遠くから食材を採ってきてくれてありがとう、とも。海の近くでも、お魚などの海鮮《かいせん》物以外の食材も使いたかったからよかった。

もうジャクリーンさんからは初対面の威圧感《いあつ》は覚えず、代わりに朗《ほが》らかな微笑《ほほえ》みがその顔にはあふれる。

「海の食材と陸の食材、双方《そうほう》の味のディティールが損《そこ》なわれていないのがまた素晴らしいわね。互《たが》いが互いのシルエットを際立《だ》たせる関係性の調和も見事。これ以上ないアンサンブルと言って過言じゃないわ」

「ありがとうございます。お魚と野菜で加熱方法を変えたので、食材の味わいにも変化が生まれたのだと思います」

嬉しい感想を聞いていると、あっという間にお皿が空っぽになっていった。お洋服のデザイナーだからか、ファッション用語でおいしさを表現してくれる。聞き慣れない言葉も多かったけど、表情や声音《こわね》から高評価をいただけたとよくわかった。

ジャクリーンさんはナフキンで上品にお口を拭《ふ》くと、さらなるお褒めの言葉を述べる。

「この味は百点を軽く超《こ》えて一万点ね。あなたの料理の総合点は、一万九十八点。私史上、最高得点よ」

「そんなにですか⁉　すごく嬉しいです！」

なんと！　一万九十八点というとんでもない高得点をいただいてしまった。しかもジャクリーンさん史上初とのこと。大変名誉《めいよ》な評価ですこぶる喜ばしい。

空になったお皿を回収して一度キッチンに戻《もど》ると、キャンデさんが猛《もう》スピードで出迎《でむか》えてくれた。

「よくやった、レベッカ！　あのむかつく女を一泡吹《ひとあわふ》かせてやったな！　お前の完全勝利だ！　よくやった！　お前なら絶対にできると思っていたぞ！」

「あ、いや……ありがとうございます」

そもそも、勝負はしていないのですが……とは思ったけど、キャンデさんは大変に上機嫌なので心の中に留《とど》めておくことにした。

ロールちゃんはというと、「はぁぁ～……」と虚《うつ》ろな目で虚空《こくう》を見ている。目の焦点《しょうてん》が合ってないけど大丈夫《だいじょうぶ》かな。

「はぁぁ～、一万点だって～……これは絶対にご褒美だよ～。いったい、どんな高級品をくれるのかな～。ダイヤかトパーズか……ラピスラズリなんて可能性もあるね～。もしかしたら、金の延べ棒かプラチナの延べ板かもぉ～」

『高得点を貰ったのはレベッカニャ』

どうやら、ロールちゃんの頭の中はご褒美でいっぱいで、楽しい想像が止まらないようだ。そもそも、まだ貰えると決まったわけではないからね？

お皿はネッちゃんが洗ってくれるとのことで（キャンデさんは勝利の雄叫《おたけ》びを上げてい

るし、ロールちゃんは夢の中）、私は食後のお茶を用意する。もちろん、いつものあれだ。

湯気が漂《ただよ》うティーポットとカップを持ち、再度リビングにゴー。

「……失礼いたします、食後のお茶として〈ポイズンハーブ〉のハーブティーをお持ちしました」

「ありがとう、気が利《き》くじゃないの」

ティーポットからカップに注いだら、〈ポイズンハーブ〉の芳醇《ほうじゅん》で清涼《せいりょう》感のある香りが沸《わ》き立った。ジャクリーンさんは数口飲むと、意を決した表情で私を見る。

「ねえ、悪いのだけど、あなたのお仲間もここに呼んでくれるかしら？」

「はい、わかりました」

ネッちゃんたち三人もキッチンから来て、〝カフェ・アンチドート〟のメンバーが集合した。みんなが集まると、ジャクリーンさんはカップを置いて静かに話し始める。

「実は、私はね……デザインのネタが思いつかなくて困っていたの」

「えっ……デザインって、お洋服のですか？」

私が尋《たず》ねると、無言でうなずき返された。ジャクリーンさんはハーブティーを飲みながら、ため息交じりに言葉を続ける。

「秋のファッションショーに出す服のアイデアが、全然思いつかなくてね。ほとほと困っていたのよ。こんなに思いつかないのは、いつぶりかわからないくらい」

「そうだったんですか……。それはお辛《つら》かったですね」

「ヴィラに来たのは気分転換《てんかん》なの。海の空気を吸えば新しい刺激《しげき》になるかなと思って。だから、不機嫌な態度を取ってしまったのよ、ごめんなさいね」

「あ、いえ……」

ジャクリーンさんの辛さはとてもよくわかり、それを責めることなどできなかった。

料理を作る上で、私もメニューや調理方法などで悩《なや》むことが多い。良いアイデアが出てこない時間は苦しく、何時間も考え抜くことだってよくあった。

〝ジャクリーン・ジラルド〟は世界的にも有名なブランドだ。周囲の期待は大きいだろうから、プレッシャーだって大変に重いはず。王国一のファッションデザイナーなんてすごい人は、考えなくてもアイデアが出るものかと思っていた。

彼女《かのじょ》の取り巻く状況《じょうきょう》を理解してか、ネッちゃんたち三人も険しい表情だ。そんな私たちに、ジャクリーンさんは笑顔で話す。

「でもね、おかげで洋服のアイデアがどんどん浮かんできたわ。あんなに悩んでいたのが嘘《うそ》みたい。今はもう、頭の中がデザインでいっぱいなの」

「「ほんとですか、よかったです！」」

『おめでとうニャ！』

「よかったじゃないか」

みんなでパチパチと拍手《はくしゅ》したら、ジャクリーンさんは「違うわ」と首を横に振った。

え、違うの？　と思ったら、優しい瞳《ひとみ》で私を見て言う。

「……あなたのお料理がおいしかったからよ」

「ジャクリーンさん……」

温かい言葉に、私の胸はじんわりと温かくなった。自分の作った食事が誰《だれ》かの助けになるなんて、料理人冥利《みょうり》に尽《つ》きる。一生懸命《いっしょうけんめい》努力して良かったと本当に思う。

軽やかな心持ちになっていたら、予想もしなかったことを言われた。

「せっかくだから、あなたたちに服を作ってあげましょう。ちょっとしたお礼ね。ほら、採寸するから両手を広げて」

「「さ、採寸……？　あ、ちょっ……！」」

あれよあれよと私たちは四人とも採寸され、ジャクリーンさんは書斎からたくさんの布や裁縫《さいほう》セットを持ってくる。ざっと紙にデザインを描《えが》くと、型紙を作り、ザクザクと軽快に布を切る。デザインの他、縫製《ほうせい》なども全部自分でできてしまうそうで、瞬《また》く間《ま》に布が加工され服を形作っていった。

ハサミや針を動かす速度はとても速く正確で、見惚《みと》れてしまうほど芸術的な早業《はやわざ》だ。国一番のデザイナーが誇《ほこ》る技術を目の当《ま》たりにして、私たちは言葉が出ない。

ぼんやりしていたら、ジャクリーンさんが私に何かを渡《わた》した。

「レベッカさん、どうぞ。受け取ってちょうだい。お料理に使えそうな物を作ってみたわ」

「……うわぁ、ありがとうございます！」

私にくれたのは、サメの形をしたミトン。背びれまでついていて凄《すご》く可愛《かわい》い。毒食材を調理しているときは熱い物を持っても気にならないけど、火傷《やけど》防止のためにもしっかり使わせてもらおう。

続いて、ネッちゃんにもプレゼントしてくれた。

「ネッちゃんさんにはこれをあげましょうね」

『ありがとうニャ！』

贈《おく》り物は、お魚がたくさん描かれた（なんと、全部刺繍！）明るい青色のネクタイ。さっそく満足げにつけていた。おしゃれでいいね。

さて、今度はロールちゃんの番。先ほどから、今か今かとそわそわしている。

「はい、ロールさんにはこれ」

差し出されたのは、夜の海みたいな濃い藍色の落ち着いたワンピース。首元には黄色の美しい宝石がちりばめられていて、星々が煌めいているみたい。何の宝石かよくわからないけど、ロールちゃんならすぐにわかりそうだね。

「はわわ……ありがとうございます！」

すかさず、いつもの「はわわ……」も炸裂《さくれつ》。待ち望んだご褒美だ。もしかしたら、お洋服じゃなくて宝石が嬉しいんじゃ……とは薄《うっす》ら思ったけど、黙《だま》っておいた。

最後にキャンデさんが渡されたのは、表が青で裏が白の幅広帽子《はばひろぼうし》。表面にはこれまた白く反射する宝石が散らばっていて、海の反射を再現しているのだなとわかった。〝アルビオン・ビーチ〟の素晴らしい海と砂浜《すなはま》を連想させる、とても可愛いデザインだ。嫌《いや》がるキャンデさんにどうにか被《かぶ》ってもらったら、赤い髪《かみ》によく映《は》えてみんな感嘆《かんたん》してしまった。

だけど、ジャクリーンさんは不満そうな表情。

「……野蛮感が消えないのはなぜかしら。中和できるようなデザインを考えたのに。もっと主張を弱めてくれるかしら？」

「あのなぁ、失礼な物言いは止めろ。そもそも、私は冒険者《ぼうけんしゃ》なんだ。服に興味はなくてだな……」

ジャクリーンさんも楽しそうにファッションのアドバイスを私たちにくれる。キャンデさんも口では怒りつつ、その顔は朗らかだ。わいわいとするみんなは笑顔。

ということで、ヴィラでの最初のお仕事は大成功で幕を閉じた。

【第五章：〝海《うみ》の幸と山《やま》の幸を使った思い出ブイヤベース〟】

「……ねえ、レベッカ。ワンピースの宝石、取っちゃってもいいかな～？」

「ジャクリーンさんに怒られるよ」

ヴィラでの最初のお仕事から、およそ二日後。今は、コテージでのんびりと昼食後の休《きゅう》憩《けい》をとっている。

ロールちゃんは貰ったワンピースを眺めては、飾りの黄色い宝石を磨く毎日だ。首元に装飾《そうしょく》された宝石は大変に純度の高いトパーズだと、目の色を変えて説明してくれた。ロフトの隅《すみ》に置かれていた木箱が家での隠《かく》し金庫扱《あつか》いになっているらしく、嬉々《きき》として仕舞《しま》いに行く。

入れ替《か》わるようにリビングに入ってきたのは、ネクタイをつけたネッちゃんだ。

『どうニャ、ズレてないかニャ？』

「ちゃんと真っすぐだよ」

ネッちゃんはお魚のネクタイがとても気に入ったようで、着けては私に見せてくる。外にも着けていくのかと思いきや、汚しちゃいけないからとコテージの中でつけるに留まっていた。

そんな私たちを見て、キャンデさんが〈ポイズンハーブ〉のお茶を飲みながら呟く。

「……ったく、布を触《さわ》って何が嬉しいんだか」

『単なる布じゃないニャよ』

キャンデさんはあの幅広帽子は全然被らないけど、実のところは大事に保管していた。

そうこうするうちにロールちゃんが戻ってきたので、みんなに呼びかける。

「じゃあ、マドレーヌさんのところに行きましょうか」

「『ゴーゴー（ニャ）』」

次のお客さんについての情報を教えてもらうのだ。今はまだ仮予約の段階で、今日正式な連絡《れんらく》が届くそう。

ガチャリと扉《とびら》を開けて外に出ると、爽やかな潮の香りが身体を優《やさ》しく包んでくれた。とても心地《ここち》よく、何度堪能《たんのう》しても飽《あ》きないね。

ヴィラには毎日お客さんが来るわけではなく、一週間に一組くらいのペースで来る。過去、〝アルビオン・ビーチ〟は観光客が殺到《さっとう》してパンクしそうになったことがあり、それ以来各ヴィラやホテルはお客さんのセーブが求められていると聞いた。客単価が高いため、それくらいのペースでも十分利益になるとのこと（ロールちゃんが喜びそうな話……）。

隣《となり》のコテージをこつこつとノックする。

「こんにちは、レベッカです。お客さんのお話を聞きにきました」

「あら、ベストタイミングね。今ちょうど、正式な予約のお手紙が届いたのよ。入ってちょうだいな」

『今回も大物であります！』

嬉しそうなマドレーヌさんとメーヴェくんが出迎えてくれ、みんなで中に入る。「大物って、有名な方ですか？」と尋ねると、二人は興奮して答えた。

「ジャクリーンさんと同じか、それ以上のすごい人なのよ」

『なんと……凄腕《すごうで》の冒険者であります！』

「『冒険者……⁉　しかも、凄腕……⁉』」

まさかのお客さんに、私たちはとても驚く。〝アルビオン・ビーチ〟には冒険者みたいな人も来るんだ。クエストの合間の休暇《きゅうか》かな。

傍《かたわ》らのキャンデさんも、ファッション以上に興味を惹《ひ》かれた様子で言う。

「ぜひ、一度手合わせしたいものだな。世の中にはまだまだ強い人間が隠れている。いやはや、楽しみだ」

『お客さんとは戦わないでほしいニャ』

わいわいと盛り上がる私たちに、マドレーヌさんが慌《あわ》てて話す。

「ごめんなさい、説明が足りなかったわね。凄腕の冒険者ではあるのだけど、もう引退されているの」

「「あっ、そうなんですか」」

なるほど、引退した冒険者だったか。マドレーヌさんの話を聞いて、私はとある疑問が頭に浮《う》かんだ。

「凄腕ってことは、二つ名があるんですか？」

ここフリーデン王国では、優秀《ゆうしゅう》な冒険者に二つ名が授与《じゅよ》される。キャンデさんにだって、〝惑乱《わくらん》の凶星《きょうせい》〟という素敵《すてき》な名前があるのだ。

引退しても二つ名はあるままなのかな……などと思っていると、マドレーヌさんとメーヴェくんが得意げに言った。

「なんと、元Sランク冒険者、〝幻惑《げんわく》の魔星《ませい》〟ブリジットさんよ！」

『言わずと知れた最強の冒険者であります！』

「『へぇ～、かっこい……！』」

「〝幻惑の魔星〟、ブリジット!?」

私とネッちゃんが最後まで言い切る前に、ロールちゃんがものすごい叫び声を上げる。

唖然としていると、どんな人なのか詳《くわ》しく解説してくれた。

「〝幻惑の魔星〟と言えば、最強のSランク冒険者！　その剣術《けんじゅつ》を目の当たりにすると、美しさのあまり幻惑に包まれたかと錯覚《さっかく》させられるのだ！　彼女が斬《き》り伏《ふ》せられなかった敵は、何人たりとも存在しない！」

「『そ、そうな（ニヤ）んだ……』」
ロ、ロールちゃんは物知りだね。私とネッちゃんも、思わずたじたじになってしまうよ。
解説が終わった後もさらにずんずんと顔が近づいてきて、目の前で続けて叫ばれる。

「だから、高価な報酬《ほうしゅう》が期待できるかも！」

「『ロールちゃん……』」

目が血走っているよ。

そんな私たちに対し、お客さんが〝幻惑の魔星〟と聞いてからキャンデさんは黙り込んだままだ。考え込《かんが》むような厳しい表情で俯《うつむ》いていて、どことなく元気がない。

「あの、キャンデさん、どうかされましたか？」

「あ、ああ、そうだな……。別に何でもないさ」

私がそう尋ねるも、元気のないキャンデさん。引退した冒険者だから、戦えなくて残念なのだろうか。

ブリジットさんがヴィラに来るのは、今からちょうど一週間後と聞き、一旦《いったん》解散。食材探しのためライアンさんのお店に行きつつ、海で遊ぶことになった。

□□□

海に来た私は、キャンデさんに手を持ってもらいながらバタ足の練習をする。ネッちゃんとロールちゃんは、すぐ近くでボール遊び。

私はしばらく練習していたけど、やっぱり暗い表情が気になる。バタ足を止めて立ち上がるも、キャンデさんは気づかない様子で下を向いたままだ。

「あの……キャンデさん」

「……ん？　あ、ああ、なんだ？　どうした、足でも攣《つ》ったのか？　よし、休憩しよう」

再度呼びかけると、ようやくこちらを向いた。やっぱり、いつものキャンデさんではない。

「いえ、お顔が暗いな、と思いまして……。何かあったんですか……？」

「ああ、そのことか……」

そう尋ねると、キャンデさんはしばし口を閉じる。

やがて、ポツリとした呟きが小石を投げるように海面に落ちた。

「〝幻惑の魔星〟、ブリジットは……私の師匠《ししょう》なんだ」

「えっ、キャンデさんのお師匠様なんですかっ」

まったく予想もしないお話に、思わず聞き返してしまった。キャンデさんは硬《かた》い表情のまま無言でうなずく。その雰囲気《ふんいき》にただならぬ背景を感じていると、ネッちゃんとロールちゃんも遊ぶのを止めてこちらに来た。キャンデさんから師匠の件を聞くと、二人とも私と同じように驚く。

砂浜に上がりみんなで腰《こし》を下ろすと、キャンデさんはゆっくりと自分の過去を話し始めた。

「私とブリジットが初めて出会ったのは、もう十二年ほども前になるな……」

元々、キャンデさんは孤児《こじ》で、王国の地方にあった村でみんなと幸せに暮らしていたそうだ。

だけど、ある日凶暴《きょうぼう》な魔物《まもの》の群れに襲《おそ》われ村は壊滅《かいめつ》。幼いキャンデさんも殺されそうになっていたところを、助けたのがブリジットさんだった。命を救われた後、弟子《でし》として迎《むか》え入れられ、冒険者としての基礎《きそ》を学んだ。

各地を旅する生活は楽しく、彼女の元で過ごしたから今の自分があるとも話していた。

「あれは……六年前か。ブリジットと……喧嘩《けんか》別れしたのは」

「『け、喧嘩別れ……？』」

私たちの問いかけに無言でうなずく様子から、とても重い出来事だったのだろうと容易に想像がついた。そのまま、キャンデさんは静かに話を続ける。

「ある日、滞在《たいざい》していた街が突如《とつじょ》として強力な魔物に襲われたんだ。ブリジットはしんがりを務め、私には住民とともに避難《ひなん》しろと命じた。だが、いくら強い冒険者でも一人で倒せる相手でないことは、私もブリジットもよくわかっていた」

放っておけるわけもない……という呟《つぶや》きが、海のさざめきに消えていった。

「避難誘導《ひなんゆうどう》を終えた後、私は戻った。ブリジットを殺そうとする魔物にすんでの所で剣《けん》を突《つ》き刺し、止めを刺したんだ」

命が無事でよかったですね、と言ったけど、その首は横に振られた。

「ブリジットは無事だったが、なぜ戻ってきたのだとずいぶんと責められた。私も師匠を助けるのは弟子として当たり前だと反論した。その一件以来、前と同じように接することができなくなってしまってな。ぎくしゃくとした生活に耐《た》え兼《か》ねた私は、置き手紙を残して放浪《ほうろう》の旅に出た……というわけだ……」

そこでお話は終わった。初めて聞いた過去に、私もネッちゃんもロールちゃんも、みんな何も話さない。聞こえるのは他の観光客の歓声《かんせい》と、繰《く》り返す波の音だけ。

自分たちだけ世界から孤立《こりつ》しているような、くり抜かれてしまったような、不思議な感覚だった。

無言で海を見る私たちに、キャンデさんは笑いながら話す。

「まぁ、気にしないでくれ。当日は私はどこか遠くに行っているさ。私がいることは、ブリジットには内密に頼《たの》むぞ」

無理やりとも感じられる微笑みに、私の胸はキュッと小さく痛む。隣に座るネッちゃんとロールちゃんも、悲しげな表情だ。

本当は仲直りしたいんじゃないのかな……と思う。

キャンデさんはいつも私たちを助けてくれる。そんな優しくて頼《たよ》りがいがあって大事な人のことを思うと、考える間もなく自然と言葉が口を衝《つ》いて出た。

「この機会に……わだかまりを解消しませんか？」

「……なに？」

私の言葉に、キャンデさんは疑問の声を上げる。

「いや……しかしだな、もう六年も前の出来事なんだ。今更《いまさら》仲を修復したところでどうするんだ」

「だって、ブリジットさんはキャンデさんの大切な人なんですよね。せっかくまた会うチャンスがあるのに会わないなんて、一生喧嘩別れしたままなんて悲しいと思います。……世の中には、会いたくてももう会えない人だっているんですから」

人の別れはいつあるかわからない。またいつか会えると思っていても、その別れが今生の別れになってしまうこともあるのだ。

私がそう話すと、ずっと静かに聞いていたロールちゃんとネッちゃんも、身を乗り出すようにして言ってくれた。

「そうですよ、レベッカの言う通りです。仲直りしましょうよ」

『ネッちゃんたちも力を貸すニャ。きっと、ブリジットさんもキャンデさんに会いたいはずニャよ』

「お前たち……」

二人の真剣《しんけん》な表情を見て、やがてキャンデさんは心を決めた顔で語った。

「わだかまりを解消するって言ったって、何をすればいいんだ。正直、何て声をかけたらいいのかすらわからん」

不安そうに言われるけど、私には一つのアイデアがある。

「大丈夫です。私に考えがあります。キャンデさん、お二人にとっての思い出の料理はありませんか？」

「……思い出の料理？」

何年も料理を作ってきた私には、実感していることがあった。料理には人と人を繋《つな》ぐ、特別な力があるのだと。

だから、今回もその力に頼ってみようと思う。

「お二人の思い出の料理をお出しすれば、ブリジットさんも過去を思い出してくれるんじゃないかなと思うんです」

「ふむ……なるほどな……」

キャンデさんは少しだけ逡巡《しゅんじゅん》した後、私の手をそっと握《にぎ》った。力強くも優しく、包み込むように温かい手で。

「ありがとう、レベッカ。頼む、力を貸してくれ」

「お任せください。全力でお作りします」

一度離《はな》れてしまった二人の思い出を繋げられるような、懐《なつ》かしくておいしい料理……。

何が何でも絶対に作る。

拳《こぶし》を固く握り、私は強く決心する。

□□□

「……よし、できた！」

「『おおお～！』」

コテージのキッチンで調理が完了《かんりょう》すると、みんなの歓声が沸《わ》いた。周りにはネッちゃん、ロールちゃん、そしてキャンデさん。

砂浜で過去の話を聞いてから、もう五日が過ぎた。キャンデさんとブリジットさんの思い出の料理を練習する毎日だ。

目の前のお鍋《なべ》に入っているのは、美しい赤色のスープ。そう、思い出の料理とはブイヤベースだった。冒険者として過ごすときは鍋料理みたいな作りやすい食事が多く、いつも二人で食べていたそうだ。食材を煮込《にこ》むだけのシンプルな作り方だけど、材料の新鮮《しんせん》さやバランス、スープを煮込む時間など注意すべき点がいくつもある難しい料理だ。

お皿に取り分け、キャンデさんにも試食してもらう。

「……どうでしょうか」

キャンデさんはスプーンで一口飲むと、舌で転がすようにしてしっかりと味わう。

「うむ……うまいはうまい。レベッカがいつも作る料理と変わらないうまさだ。やはり、お前は料理の腕《うで》が良いな」

「でも、いまいち……ですかね？」

その顔はどこか浮かない表情で、真においしいわけではなさそうだ。続けてキャンデさんは二口、三口とスープを飲むものの、やはり、その顔が晴れることはなかった。

「かなりうまいブイヤベースではあるのだが……何か足りないような気がする。ブリジットと食べていたときに比べると、何かが足りないんだ。……すまないな、レベッカ。あれこれと注文をつけて」

「いえ、全然気にしないでください。いくらでも作り直しますので、気になったことがあったら何でも教えてください」

「ありがとう、助かる」

実は、すでに数え切れないほど作り直している。

魚の種類や煮込み時間、スープを濾《こ》すタイミングなど、色々とレシピを変えてはいるのだけど、どうにもしっくりいくブイヤベースが作れていなかった。

単純に作るだけではダメだ。思い出が蘇《よみがえ》るくらいの再現度を目指さなければ……。

こういうのはレシピの調査が大事であり、もう何回目かわからないけどキャンデさんに聞いてみる。

「何度もすみませんが、何が足りないかわかりますか？　どんな小さなことでもいいんです」

「そうだなぁ……」

キャンデさんは何回かスープを飲んでは、顎《あご》に手を当て思案する。試作を重ねた結果、もうずいぶんと近づいているらしく、もうあと一歩か二歩ということだった。

「たぶん、魚や野菜の種類は合っている。当時は本当に適当な調理だったからな。その日採れた材料を使っていた。だから、何か隠し味《あじ》的な要素の問題だと思う」

「なるほど……隠し味……」

キャンデさんの言葉に、私もまた思案する。

ブイヤベースに使える隠し味には何があったかな……。

考えていると、さらなるヒントをくれた。

「何というかこう……ふわっとしてさらっとした、それでいてシャキッとしてパキッとした、不思議な味わいだったな」

……難しい。

ヒントを貰《もら》ったおかげで、隠し味の正体に辿《たど》り着くまでの道程が一段と険しくなった気分だ。悩む頭の片隅《かたすみ》に、ネッちゃんとロールちゃんの呟きが聞こえる。

『もっと具体的に言ってくれないとわからないニャ』

「頑張《がんば》って思い出してくださいよ。そんなふわふわした表現じゃ、レベッカだって混乱しちゃいますって」

「そうは言ってもな。最後に食べたのは、もうずいぶんと前の話なんだぞ。味なんてすっかり記憶《きおく》の彼方《かなた》だ。……悪いな、レベッカ。こんなに作り直してもらっているのに、ああでもないこうでもないと言ってしまって」

いつもと違《ちが》って、その顔はしょんぼりと元気がない。たしかに何回も作り直してはいるけど、私は全然疲《つか》れてないし苦でもなかった。

「気にしないでください。キャンデさんが何度もダメ出しするのだって、それほどブリジットさんのことを大切に思っているからですよね。その気持ちがとても強く伝わって、むしろやる気があふれます」

「『レベッカ……』」

そんな大事な料理を作れるなんて、料理人冥利に尽きる。

キャンデさんはしばし考え込んだ後、絞《しぼ》り出すようにして言葉を紡《つむ》いだ。

「味の表現が難しいのだが……。魚や野菜の陰《かげ》に、僅《わず》かに顔を覗《のぞ》かせる爽《さわ》やかさと仄《ほの》かな苦みが印象に残っている」

「爽やかさと仄かな苦み……」

その言葉を反芻《はんすう》すると、頭の中に今まで扱ってきた、そして食べてきた数々の食材が想起される。

無数の食材の海にどぼんと落ち、それぞれの味を思い出す。爽やかさと仄かな苦みを持った食材を探して……。

何個か何十個か、もしかしたら何百個かもしれない。探しに探してとうとう見つけた。

……そうだ、きっと〝あれ〟だ！

「わかりましたよ、隠し味が！」

「本当か、レベッカ⁉」

「ちょっと市場に行ってきます！　すぐに戻りますから！」

コテージから飛び出して市場に向かう。

あの食材なら、ビーチのマルシェでも売っているはず！

隠し味の正体を見つけた喜びと、合っているかどうかの不安を胸に私はひた走る。

無事、目的の食材を入手してコテージのキッチンに戻ってきた。フードグレーターにて搾《す》り下ろした〝それ〟をブイヤベースに入れ、キャンデさんに飲んでもらう。

一口飲んだ瞬間《しゅんかん》、この五日間で初めてと言っていいくらいの弾ける笑顔《えがお》を見せてくれた。

「……これだ！　この味だ！　この謙遜《けんそん》しつつも主張のはっきりとした爽やかさ！　そして、ひっそりと顔を出すほろ苦さ！　ブリジットと一緒《いっしょ》に作ったブイヤベースそのものだ！」

「『さすが、レベッカ（ニャ）！』」

みんな、拍手と歓声で私を讃《たた》えてくれた。キャンデさんが何の食材なのかを聞いてきたので、私は〝あれ〟を見せながら説明する。

夏らしい橙色《だいだいいろ》が眩《まぶ》しい、甘《あま》くて酸《す》っぱいあの果物を。

「隠し味とは、オレンジだったんです。搾り下ろした皮を少しだけ入れたから、爽やかな柑橘《かんきつ》の風味とほろ苦さがスープに溶《と》け込《こ》んでいたんでしょう」

「そうか、オレンジだったか……。どうりで、夏にしか作らないわけだ」

キャンデさんが納得《なっとく》したような腑《ふ》に落ちたような様子で話すと、すかさずネッちゃんとロールちゃんが言う。

『重要情報のそれを先に言ってほしかったニャ』

「季節のヒントはすごく有益でしたのに」

「そ、そんなに責めるなっ」

何はともあれ、無事にブイヤベースが完成して、間に合ってホッとした。明後日の昼にブリジットさんがやってくるのだ。

キャンデさんと一緒に作った料理……。

振《ふ》る舞《ま》うのが楽しみと同時に、私の心臓は緊張《きんちょう》でドキドキと脈打っていた。

□□□

「……いよいよ、このときがきたね」

「レベッカなら大丈夫だよ」

『今までどおりやれば問題ないニャ』

ヴィラの前で静かに深呼吸すると、ロールちゃんとネッちゃんが励《はげ》ましてくれた。

私たちの周りに、キャンデさんはいない。ブリジットさんに料理を振る舞った後に出てきてもらう予定だった。

念のため、二人にも注意点を確認《かくにん》する。

「二人とも、キャンデさんがいることは最後まで内緒《ないしょ》だからね。知り合いだとも知られち

ゃダメだよ」

「『わかってる（ニャ）』」

得意げに胸を張る様子から、私も強く安心できた。最初から知らせては驚《おどろ》き具合が半減してしまうものね。隠し味の正体を突き止《と》めてから、ブイヤベースはさらに調整を重ね、満足のいくレシピにできた。

後は食べてもらうだけ……。

今一度気持ちを整え、扉をノックする。

「こんにちは、シェフのレベッカ・サンデイズです。ご昼食の準備に参りました」

「ちょっと待ってな」

低い女性の声が聞こえてから、扉がガチャッと開かれた。

現れたのは、深い藍色《あいいろ》の髪に同じく深い藍色の瞳をした五十代くらいの女性。髪や目の色はキャンデさんとは正反対だけど、その目力の強さはどことなく似ているところがあった。

握手《あくしゅ》のため、右手を差し出して挨拶《あいさつ》する。

「あの……ブリジットさんでよろしいですか？　本日はよろしくお願いします」

「ああ、そうだよ。話には聞いていたけど、ずいぶんと若い料理人だね。まずかったら承知しないよ」

「は、はい……すみません……」

握手されることはなく、少し話しただけでギロリときつく睨《にら》まれた。

……恐《おそ》ろしい。

引退したとはいえ、歴戦の猛者《もさ》を思わせるオーラがすごい。顔つきや雰囲気もあるからか、キャンデさんと初めて会ったときに感じた威圧《いあつ》感みたいなものを覚える。

ネッちゃんとロールちゃんは、さりげなく私の後ろに隠れてしまい、ネッちゃんがぼそぼそと背中で呟く。

『なんだか、キャンデさんにそっくりだニャね……もがが！』

「ネッちゃん！」

慌ててネッちゃんの口を押《お》さえつけた。途端《とたん》に、ブリジットさんは不思議そうな顔となる。

「なんだい？　今、聞いたことのある人間の名前が聞こえた気がするが……」

「いえ、何でもないです。気にしないでください」

気のせいだと伝え、どうにか誤魔化《ごまか》す。

内緒にしといて、と言ったのに……。

ネッちゃんを解放した瞬間、今度はロールちゃんがぼそぼそと呟く。

「さすが、キャンデさんのお師匠様だね。すごい威圧感。早く助けに来てもらいたいくらいだよ……もがが！」

「ロールちゃん！」

急いでロールちゃんの口を押さえつけると、またもやブリジットさんが疑問そうな顔となる。先ほどより一段と怪訝《けげん》な感じで……。

「また知り合いの名前が聞こえたような……」

「何でもありません。本当に何でもありませんので、どうかお気になさらず。何でもないことこの上なしでございます」

ブリジットさんは納得いっていない様子ではあったけど、渋々《しぶしぶ》とヴィラに私たち三人を招き入れてくれた。

キッチンにお邪魔《じゃま》して準備を始めると、ブリジットさんが陰《かげ》からこちらを覗き込んでいた。そのまま、厳しい顔と声で告げる。

「まずかったら承知しないからね。あたしの評価は厳しいよ。それと、静かに作ることだね。あたしは騒《さわ》がしいのは嫌《きら》いなのさ」

「はい、わかりました。一生懸命静かに作りますので、少々お待ちくださいい」

ブリジットさんがいなくなるや否《いな》や、ネッちゃんとロールちゃんは怯《おび》えた様子で話し出す。

『なんて恐ろしい元冒険者だニャ。バリバリ現役《げんえき》の間違《まちが》いじゃないかニャ？』

「キャンデさんが初めて来たときよりおっかないよ～。どうしよ～、レベッカ～」

二人はそう言うけど、大丈夫《だいじょうぶ》。

「心配いらないよ、二人とも。おいしい料理には人と人を繋げる力があるんだから」

「『レベッカァ……』」

今まで何度も料理を作ってきた中で、私はいつも実感していた。何はともあれ、まず重要なのは静かに冷静に調理すること。

要するに、いつも注意していることだ。ブリジットさんもうるさいのは嫌いだと言っていたしね。

気持ちを整え……ナイフの柄《え》を握るぅ！

「最初に使うのは〈のんびりダラ〉！　新鮮そのもの！　ついさっき揚《あ》がったばかりだからねぇ！」

「ちょっと、レベッカ！　静かにしてよ～。騒いだら、どんなに怒《おこ》られるか……」

『一緒に耐え忍《しの》ぶしかないニャ』

〈のんびりダラ〉は灰色の皮に、黒いまだら模様が浮かんだお魚。毒により気持ちが怠惰《たいだ》となり、いつまでもだらだらとしてしまうのだ。一方で、身はぎゅぎゅっと引き締《し》まっていて、肉厚で繊細《せんさい》な味わいが美味。一口サイズに切ったら、軽く塩を振って味付けしとく。

「次に調理するのは野菜たちぃ！　海の幸と山の幸！　両方のハーモニーが素晴《すば》らしい料理を作るのだー！」

「ああ……どんどん声が大きくなっている……」

『運ぶのはレベッカに頑張ってもらおうニャ』

深底のお鍋に〈ポイズンオリーブ〉のオリーブオイルを入れ火をつけると、途端に豊かな香りが沸《わ》き立った。〝カフェ・アンチドート〟から材料を持ってきてよかったね。

お鍋で炒《いた》めるのは、〈幻惑オニオン〉。そのまま食べると、毒により幻《まぼろし》に囚《とら》われてしまう玉ねぎだ。実は甘いのに香りは辛《から》いという不思議な食材で、火を通すと辛い香りは香《こう》ばしく変化しちゃう。これもキャンデさんが山で見つけてきてくれた。

〈幻惑オニオン〉に火が通って透明《とうめい》になったら、とっておきのソースをゆっくりと注ぎ入れる。すり潰《つぶ》した〈業火トマト〉で作った、豪華《ごうか》なトマトソース。白ワインを足し、しばらく煮込む。

次は！　貝の！　出番だね！

「このブイヤベースはお魚だけで終わらないよぉ！　はい、見て！　おいしいおいしい貝たち！」

「一向に声が小さくならないよ〜。ブリジットさんの視線が痛い〜」

『せめて、ネッちゃんたちは何も話さないようにしようニャ』

使う貝は、〈ネムール貝〉と〈ヨルアサリ〉。キャンデさんの過去のお話の他にも、ライアンさんの漁の範囲《はんい》や旬《しゅん》の時期を鑑《かんが》みてこの二種類を選んだ。

〈ネムール貝〉は眠《ねむ》り毒のあるムール貝。ぷぷっ、おもしろい名前。一方の〈ヨルアサリ〉は殻《から》が濃《こ》い藍色で、表面には白い点々模様が浮かぶ。夜の星空みたいで綺麗《きれい》なのだけど、時間感覚が失われ、朝と夜が逆転する生活を送ってしまう毒を持つ。どっちも夏のエネルギーをたっぷり蓄《たくわ》えており、スープの旨《うま》みが豊かになること間違いなしだ。

ルンルンしながら〈のんびりダラ〉と一緒にお鍋に入れようとしたら、ロールちゃんの不思議そうな声が聞こえた。

「これから砂抜《ぬ》きするの？」

「よくぞ聞いてくれましたぁ！　砂でジャリジャリしないか心配になっちゃうよねぇ！」

なぜか耳を押さえるロールちゃんとネッちゃん。

「……しまった、ついうっかり、質問してしまったよ……」

『一瞬《いっしゅん》の隙《すき》が命取りになるニャね』

さっきから、二人は何を話しているんだろうね。

重要な貝類の砂抜きだけど……実は、どれもすでに完了している！　昨晩、一足先に水に入れておいたのだ。だから、すぐに調理に使えるよ。よくやった、昨日の私。

丸ごとお鍋にインして、貝の蓋《ふた》が開くまで煮込み続ける。こうすれば、海のエキスがたっぷりスープに溶け込むのだ。

「そして、そして、そしてぇ！　私のブイヤベースは、これで終わりでは……ない！」

「せめて少しでも早く調理が終わることを祈《いの》ろう」

『そうニャね。祈るしかないニャ』

用意したのは、美しい青色の甲羅《こうら》をしたカニ、〈クラクラブ〉。クラクラと昏睡《こんすい》する毒を持つカニだ。加熱すると真っ赤になるので、見た目もおいしそうに変化する。海のミネラルがスープに溶け出して旨みがさらに深くなるだろう。

「最後に入れるのは、もちろんのこと、オレンジの皮！　キャンデさんの隠しあ……もがが！」

「『レベッカ！』」

突然《とつぜん》、ロールちゃんとネッちゃんが私の口を押さえつけた。い、いきなりどうしたの、二人とも。見たことないくらい切羽詰《せっぱつ》まった表情だ。

何はともあれ、フードグレーターで摺り下ろして、少しずつお鍋に入れる。

キャンデさんのことを思い出してもらえるよう、願いを込めて……。

食材たちをコトコトと煮込むほど、およそ十分。海と山の香りが上る、真っ赤なスープが姿を現した。

「これにて完成！　はい、大歓声《だいかんせい》！」

「『おおおー！』」

パチパチパチ！　と二人に拍手《はくしゅ》されていると、徐々《じょじょ》にテンションが元に戻《もど》る。

同時に思う。またやってしまったと……。

いくぶんか落ち着いた気持ちでスープをお皿に入れる。

「……では、お料理を出してくるね」

「『行ってらっしゃ～い』」

例の如く、ネッちゃんもロールちゃんも見送ってくれるだけ。必然的に、私一人で運ぶことになった。

リビングに座《すわ》るは、眉《まゆ》の辺りがピクピクと引き攣っているブリジットさん。

「……お待たせいたしました。〝海《うみ》の幸と山《やま》の幸を使った思い出ブイヤベース〟でございます」

テーブルに料理を置いた瞬間、私の全身に大変に鋭《するど》い視線が突き刺《さ》さった。

「ずいぶんと騒々《そうぞう》しいね。もう帰ろうかと思ったよ」

「……申し訳ございません」

またもや苦言を呈《てい》され、私は謝《あやま》ることしかできない。ネッちゃんとロールちゃんはいつも通り静か。

こっちに来て一緒に謝ってよ～、と思っていると、なおも私だけ厳しいお言葉をいただいてしまった。

「まずかったら、あんたの首を斬り落とすからね。覚悟《かくご》しときな」

「はい……すみません……こればっかりはどうしようもなくて……」

リビングの窓際《まどぎわ》に立てかけられた長剣《ちょうけん》が恐《おそ》ろしい。震《ふる》える私などいざ知らず、ブリジットさんは険しい表情のまま、あ～んとスープを口に運んでいく。

思い出を繋ぐ大事な一品。

ただでさえ失敗は許されないのに、自分で自分を窮地《きゅうち》に追いやってしまった。冗談《じょうだん》じゃなく命がかかっている。

お願いだから、大逆転して～！

ブリジットさんは一口食べた瞬間、窓際に歩み寄る。

え……いったい、どうしたの……？

突然の事態に心臓が不気味に鼓動《こどう》する。歩く先にはギラリと光る長剣が一本。今まで何体も何十体も何百体も、いや、もしかしたら何千体もの魔物を倒《たお》してきたであろう、重厚《じゅうこう》なオーラを放つブリジットさんの愛刀が。

そこに近づく様子から、私は気づいてしまった。

ま、まさか………本当に、首を斬り落とされる……？

……そうだよ、きっと料理がお口に合わなかったんだ。さっきまずかったら首を斬り落とすと言っていたし、実行に移すつもりなんだろう。そもそも、ぎゃいぎゃいと騒ぎながら調理してしまったのだから、私の印象は大変に悪いに違いない。

せめて、静かに作っていればよかった……。後悔《こうかい》してももう遅《おそ》い。

死期を悟《さと》り、私の全身はかつてないほどの緊張に包まれる。どっと冷《ひ》や汗《あせ》をかき、浅い呼吸を繰り返し、心臓が喉《のど》から飛び出そうなほど拍動《はくどう》する中、ブリジットさんは剣など見向きもせず窓から顔を出した。

そのまま、海に向かって激しく絶叫《ぜっきょう》する。

「何てうまさだい!!」

うまさだい……うまさだい……うまさだい……と、ブリジットさんの言葉が広大な海に木霊《こだま》した。

え……ど、どういうこと……？

私がしばし呆然《ぼうぜん》とする中、ブリジットさんは何事もなかったかのように席に着席する。いくぶんか朗《ほが》らかな笑顔になると、まだ硬直《こうちょく》したままの私に言った。

「あんた、なかなかやるね。予想以上にうまくて、思わず海に叫《さけ》んじまったよ。見事なブイヤベースだ」

「あ、ありがとうございます」

どうやら、海に叫ぶほどおいしかったらしい。作った料理を喜んでくれて、そして首を斬り落とされるわけではないとわかり、私は心底安心する。だって、本当に命の危機を感じていたから。いやぁ、窓から吹《ふ》き込む潮の香りが素晴らしい。

ロールちゃんとネッちゃんも、安全地帯であるキッチンの陰からグッドマークを送ってくれた。労《ねぎら》ってくれてどうもありがとう、二人とも。でも、リビングには来てくれないんだね。

私がそう思う間にも、ブリジットさんはスープを食べては上機嫌《じょうきげん》で感想を話す。

「ずいぶんと味に深みと奥行《おくゆ》きがあるね。こんなに濃厚《のうこう》なブイヤベースを食べたのは初めてだよ。あんたは若いのに立派なシェフじゃないか」

「ありがとうございます。メインに使った魚介類《ぎょかいるい》は、〈のんびりダラ〉と〈クラクラブ〉です。タラのさっぱりしつつも繊細な味わいに、カニの深い甘みはベストマッチだと思います。楽しんでいただけたら嬉《うれ》しいです」

「へぇ～、そんな食材があるんだねぇ。あたしも長く冒険者《ぼうけんしゃ》をやってきたけど、毒食材なんて食べたのは初めてだよ。そもそも、調理しようなんて思いもしなかったさ」

使った毒食材を説明すると、ブリジットさんは感心した様子で話していた。

やはり、元Sランクの冒険者にとっても毒食材は珍《めずら》しい食べ物なんだろう。楽しんでもらえて幸いだ。

「貝も入っているんだね」と話すブリジットさんに、追加の説明をする。

「はい、タラやカニの他に〈ネムール貝〉と〈ヨルアサリ〉も丸ごと入れています。貝のエキスは濃厚なので、ぜひ使いたかったんです。どれも旬の食材なので、海の濃厚な恵《めぐ》みが溶け出していますよ」

「へぇ～、まぁ、魚だけでこのうまさを出すのは難しそうだ。何と言っても、旬の食材、ってのが気に入ったよ。人間、うまいものはうまい時期に食べるのが自然ってもんさ」

「そのご意見には、私も強く賛成します」

ブリジットさんは納得した様子でうんうんとうなずく。たしかに、旬の食材は旬の時期に食べるのが一番おいしい。少し時期がズレただけで脂《あぶら》の乗り方がまったく違うし、同じ食材でも味や香りの豊かさがまるで違う。

だから、私はいつもその季節に合った食材を使うようにしていた。今回も吟味《ぎんみ》に吟味を重ねて厳選してよかったね。

スープを飲むブリジットさんは終始笑顔で話し続ける。

「このトマトスープには、魚とはまた違った甘さがあるね。舌触《したざわ》りも滑《なめ》らかで、とろりとしておいしいよ。それに、魚介類の味がよく染《し》みこんでいる」

「そちらのソースは擂《す》り潰した〈業火トマト〉です。皮やヘタはきちんと取り除き、熱しながらゆっくりとかき混ぜたので、優《やさ》しい口当たりにできました」

「外は暑いけど、温かい食べ物もいいもんだ。冷たいものばっかりだと身体に悪いだろうしね」

「他には山の幸として、〈幻惑《げんわく》オニオン〉も炒め入れてあります。火を通すと辛みが甘みに変わる食材で、トマトの酸味とも相性《あいしょう》は抜群《ばつぐん》です」

元々、魚とトマトは良好な組み合わせだけど、どれも旬だからよりおいしくできた。もちろん褒《ほ》めてくれるのは嬉しいけど、それ以上に生命輝《かがや》くこの素晴らしい季節や、食材を採ってきてくれたライアンさんとキャンデさんに感謝しないとね。

おいしい料理はおいしい食材あってこそ。

私はただ食べやすいように調理しただけなんだから。料理人たるもの、その気持ちはこれからも忘れてはいけない。

ブリジットさんは一口も残さず食べ終わると、ポツリと呟くように言った。

「この食後にふわりと香るオレンジの風味が……なんだか懐かしい味だね。不思議と、何度も食べた味わい……そう、あたしが弟子《でし》に振る舞ったブイヤベースに似ているよ。もうずいぶんと前の話だけどさ」

その顔は昔を思い返すような懐かしむような、穏《おだ》やかで優しげな表情だ。

想像でしかないけれど、心の中ではキャンデさんとの別れを寂《さび》しく思っているんじゃないかなと感じる。六年なんてとても長い歳月《さいげつ》だ。キャンデさんから別れの原因が喧嘩と聞いたとき、私の胸は締め付けられてしまった。

同時に、強く思ったのだ。どうにかして二人を繋げてあげたい……と。

キッチンにいるネッちゃんとロールちゃんを見ると、二人ともこくりとうなずいた。私は今一度姿勢を正して話す。

「実は……ブリジットさんに会ってもらいたい人がいるんです」

「……あたしに？」

「はい。今お連れしますので、ちょっと待っててください」

ネッちゃんとロールちゃんと合流し、三人でヴィラの扉《とびら》を静かに開ける。

赤い髪《かみ》と赤い目をしたお姉さんが現れると、ブリジットさんの目が少しずつ見開いていった。

「あ、あんたは……！」

驚く彼女《かのじょ》の視線の先には、険しい表情をしたキャンデさんがいる。

「キャンデ……なんでお前がここに……」

ブリジットさんはガタッと席から立ち上がった。そんな彼女に、キャンデさんは厳しい顔つきのままゆっくりと歩み寄る。

「訳あって、ここにいるレベッカたちと共に行動しているんだ」

「そうだったのかい……。まさか、お前がいるとは……思わなかったよ……」

そこで会話は途切《とぎ》れ、リビングはしんとした静寂《せいじゃく》で包まれる。二人とも俯《うつむ》いたまま何も話さない。

六年という重い年月が、二人の間に横たわっているのが見える。子どもが大人になるくらいの長い年月が……。

のし掛《か》かるような沈黙《ちんもく》が室内を支配する中、ブリジットさんが絞り出すように告げた。

「あたしはずっとあの日のことを後悔してたんだよ。お前はあたしのためを思ってくれたのに、酷《ひど》い言葉をかけちまったね。すまなか……」

「ブリジット、悪かった」

最後まで言い終わる前に、頭を下げながら告げられたキャンデさんの言葉が遮《さえぎ》った。一瞬生まれたさらなる沈黙の後、キャンデさんは淡々《たんたん》と話を続ける。

「師匠《ししょう》の言いつけを守れなかった私は……弟子失格だったのかもしれない。あのときの魔《ま》物《もの》だって、当時の私には倒せたかどうかわからない。ブリジットが私を叱責《しっせき》するのも当然だ」

六年前、キャンデさんたちが滞在《たいざい》していた街を襲《おそ》った魔物は、いくつもの村や都市を壊《かい》滅《めつ》させたほどの強い魔物で、名だたる冒険者パーティーでも討伐《とうばつ》に苦慮《くりょ》するほどだったそうだ。止《と》めを刺したのは自分だけど、ほとんどはブリジットさんの与《あた》えた致命傷《ちめいしょう》のおかげで勝てた……とも話す。

今でこそキャンデさんはすごく強いけど、その深刻な口ぶりから魔物の強さがひしひしと伝わった。

話が終わると、ブリジットさんがゆっくりと口を開く。

「謝るべきは………あたしの方だよ。弟子は師匠の命令に従うべきだ、なんていう古臭くて融通《ゆうずう》の利《き》かないしがらみに、いつまでも縛《しば》られていたんだからね。そのせいで自分の命を危機に陥《おとしい》れ、挙げ句の果てには大事な弟子とも喧嘩《けんか》別れする羽目になった。……初めから、一緒に倒そうとキャンデに言えばよかったのさ」

二人とも瞳《ひとみ》の端《はし》には小さな光が見える。滲《にじ》む涙《なみだ》が、美しい宝石のように輝いていた。

キャンデさんもブリジットさんも、険しい表情から朗らかな顔つきに変わる。

「あのときの判断は……今でも、間違っていないと思っているからな」

「……ったく、強情《ごうじょう》なヤツだよ」

互《たが》いに軽く笑い合った後、二人は強く抱《だ》き締め合った。

「ブリジット、会えてよかった……！」

「あたしもだよ、キャンデ……！」

もう絶対に離《はな》さないという強い意志を感じる抱擁《ほうよう》だ。感動の再会に、私は思わずホロリとしてしまう。

仲が戻ってよかったね、キャンデさん、ブリジットさん……。

ネッちゃんとロールちゃんはというと、ダバダバと激しく泣いていた。

『ごんな感動的な再会が他にあるのがニャ……！』

「よがっだ……本当によがっだ……！　もう涙で前が見えないよ……！」

止めどなく涙を流す二人にハンカチを渡《わた》していると、キャンデさんとブリジットさんが穏やかな表情で私に言った。

「レベッカには感謝しなければならないな。お前の作った料理のおかげで、私たちは昔のような関係に戻れた」

「そうだよ、あんたのおかげで大事な弟子とまた会えたんだ。感謝してもしきれないね。料理も最高にうまかったし、言うことないよ」

褒めてくれて嬉しいし、頑張ってよかったと思う。それは至極《しごく》正直な気持ちだ。

でも、それとは別に、どうしても伝えておきたい言葉があった。

「いえ……この料理が完成できたのは……キャンデさんがいてくれたからです」

「……私が？」

そう伝えると、キャンデさんは不思議そうな表情となる。隣《となり》に立つブリジットさんも。

私はそんな二人に、ずっと思っていたことをお話しする。

「海にいながら山の食材を入手できたのだってそうですし、何よりレシピを一生懸命《いっしょうけんめい》思い出してくれたから、このブイヤベースが作れたんです。だから、この料理はキャンデさんの料理なんです」

「「レベッカ……」」

私一人では、決して作ることができなかった料理。それがこのブイヤベースだ。

師弟《してぃ》の二人がにこりと微笑《ほほえ》み合う中、ロールちゃんとネッちゃんがいそいそとこちらに来る。

「さてさて、キャンデさん。ちょっと失礼しますよ」

「なんだ？」

『これ被《かぶ》ってほしいニャ』

ネッちゃんが持っているのは、ジャクリーンさんが作ってくれたあの幅広帽子《はばひろぼうし》。それを見て、キャンデさんは悲鳴に近い声を上げる。

「なんでその帽子《ぼうし》がここにあるんだっ！」

『コテージから持ってきたニャ』

今度は、ジャクリーンさんに作ってもらったあの服を持ったロールちゃんを見て叫ぶ。

「なんで、そのワンピースまであるんだっ！」

「コテージから持ってきました」

ネッちゃんはキャンデさんの右腕《みぎうで》を、ロールちゃんは左腕《ひだりうで》を持つ。

「『それでは……』」

「こ、こら、やめろ！　やめないか！　……ぐわあああ～！」

あれよあれよという間に、ネッちゃんとロールちゃんは寝室《しんしつ》にキャンデさんを連れて行ってしまった。

誰《だれ》かが暴れるような物音を聞きながら、待つこと数分。寝室のドアがやけにゆっくりと開いた。

「『じゃーん！　キャンデさん、おしゃれバージョンでーす！』」

拍手するネッちゃんとロールちゃんの間には、とても綺麗な女の人がいる。海モチーフのお洋服に身を包んだ、キャンデさん。

貴族令嬢《れいじょう》みたいになったぷるぷると震える彼女を見て、ブリジットさんは大笑い。

「なんて似合わないんだい！　熊が精一杯《せいいっぱい》のおしゃれをしたみたいだよ！　ああ〜、これはとんでもない傑作《けっさく》だね！　あひゃひゃひゃひゃひゃひゃっ！　笑いが止まらない〜！」

どことなく笑い方が似ているのは気のせいだろうか。おしゃれ着を着させられたキャンデさんは不機嫌《ふきげん》そうだけど、〝カフェ・アンチドート〟で過ごしてきた私たちにはわかる。

本当は怒ってなんていないこと、楽しんでいることが。きっと、ブリジットさんだってそれはわかっている。

キャンデさんはしばらく耐《た》えていたけど、とうとういつまでも笑うブリジットさんに掴《つか》みかかった。

「笑いすぎだ！　いい加減にしろ！」

「うわぁっ！　熊が暴れ出したよ！　あんたら、助けておくれ！」

リビングを逃《に》げ回るブリジットさんと、どこまでも追いかけ回すキャンデさん。ヴィラは賑《にぎ》やかな笑い声に包まれる。

無事、師弟の離れてしまった心を繋《つな》ぐことができたのだ。

【第六章：釣《つ》りと食材】

「……じゃあ、みんな。本当にありがとうね。あんたらのことは絶対に忘れないよ」

翌日の昼。ブリジットさんとお別れの時間がやってきた。今は〝アルビオン・ビーチ〟の馬車乗り場で最後の挨拶を交《か》わしている。

旧友を訪ねる旅の最中だそうで、今日からまた長い移動が始まると笑っていた。最後の握手をしながら、キャンデさんが話す。

「私は普段《ふだん》は、辺境の〝テトモモハ〟に広がる〝毒の森〟にいる。〝カフェ・アンチドート〟のある宿だと言えば、すぐわかるはずだ」

「ずいぶんと良いところに住んでいるじゃないか。旅の野暮用《やぼよう》を片付けたら、また絶対に会いに行くよ」

言葉を交わす二人は笑顔だけど、なんだか名残惜《なごりお》しそう。明るい日差しが降り注ぐ中、寂しい空気になっていた。昨日今日と一緒に過ごしたものの、時間としては一日くらいの短い再会だ。

二人っきりで話したいことがまだあるんじゃないかな……と、傍《かたわ》らのネッちゃんとロールちゃんを見たら、同時にこくりとうなずいた。

たぶん同じことを考えているんだろうと思い、私はキャンデさんに話す。

「キャンデさん、よかったら馬車が来るまでブリジットさんとお話しされていたらどうですか？　私たちは先に、海にでも行っていますから」

「い、いいのか……？」

そう問い返すキャンデさんに、ロールちゃんとネッちゃんも笑顔で伝えた。

「ええ、せっかく再会したんですし、最後の最後までお話しした方がいいですよ」

『遠慮《えんりょ》することはないニャ』

みんなで言うと、キャンデさんははにかむような笑顔で「ありがとう」と言ってくれた。

片やブリジットさんは、思い出したように鞄《かばん》を探《さぐ》る。

「……ああ、そうだ。レベッカ、あんたに渡したい物があるんだよ。思い出のブイヤベースを作ってくれたお礼さ」

「えっ！　いや、悪いですよ……！」

当たり前のように言われたけど、慌《あわ》てて断った。

ヴィラでの滞在費《たいざいひ》は、マドレーヌさんの元に支払《しはら》われている。ジャクリーンさんのお洋服とかは完全なご厚意《こうい》によるものだ。

断り続けるもブリジットさんが鞄を探す手を止めることはなく、ついには眩《まばゆ》い青色のなんかすごく高価そうな、それでいて小ぶりな西瓜《すいか》くらいの玉が現れた。

玉の中には綺麗な蒼《あお》い焔《ほのお》が渦巻《うずま》いており、説明されなくても貴重な品だとわかる。唖然《あぜん》とする私たちに、ブリジットさんの言葉が流《なが》れ込《こ》む。

「これは極蒼龍《ごくあおりゅう》の宝玉だよ。手に入れたは良いものの持て余しちまってね。どうしようか困っていたのさ」

「『ご、極蒼龍……！』」

さらっと告げられたお話に、私とネッちゃんは強い衝撃《しょうげき》に襲われる。

極蒼龍とは、非常に美しい青色の身体をしたSランクのドラゴン。獰猛《どうもう》な性格をしており、目に入った人間を一人残らず食べてしまうのだけど、各種素材はとても高額な価格で取引されていた。鱗《うろこ》の一枚ですら金貨数十枚で取引されていると聞いたことがある。

体内で生成されるこの宝玉は、金貨一万枚に匹敵《ひってき》するだろうとも話すブリジットさん。大したことない様子で話されるのだけど、大変なお宝に私もネッちゃんも戦々恐々《せんせんきょうきょう》だ。

そんな状況《じょうきょう》などいざ知らず、ブリジットさんはずいっと私に宝玉を差し出す。

「さあ、受け取ってくれ。あたしからの感謝の気持ちだよ」

「し、しかしですね……こんなに貴重な物をいただくわけには……」

「ありがとうございます、謹《つつし》んでいただきます！　極蒼龍の宝玉なんて、一生に一度見られるか見られないかの素晴らしい財宝です！　はわわ……」

断る間もなくロールちゃんが回収し、満面の笑《え》みで「はわわ……」が迸《ほとばし》る。まぁ、嬉しいのならよかったよ。昨日、報酬《ほうしゅう》が貰《もら》えなくてどこか残念そうだったしね。

何はともあれ、ブリジットさんとはこれで本当にお別れだ。

「では、私たちはそろそろ失礼します。お会いできて光栄でした」

「それはこっちのセリフさ。ありがと……本当にありがとよ。あんたらにも絶対にまた会いに行くからね」

笑顔《えがお》のブリジットさんとキャンデさんに手を振《ふ》り、私たち三人は街に向かう。

歩きながらこの後の予定を相談すると、宝玉を力強く抱き締め目の血走ったロールちゃんが興奮した様子で言った。

「まだお昼前だし、ご飯まで泳ぎの練習をしようよっ。沈没船《ちんぼっせん》の財宝が流れ着いているかもしれないしっ。今日こそ何か見つけたいなっ」

「見つかるといいね」

『財宝が流れ着くわけないニャ』

過度な期待は気になるものの、海に行くことが決まった。となると、大事なことが一つ。

「じゃあ、一度コテージに宝物を預けてから海に行こうか。持ってるままだと危ないしね」

私がそう言うと、ロールちゃんはピタリと立ち止まった。おまけに、その顔が徐々に険しくなる。

え……ど、どうしたの？

「宝物じゃなくて、極蒼龍の宝玉でしょっ」

「ご、ごめん、ロールちゃん」

『財産が関わると厳しくなるニャね』

目の血走ったロールちゃんからお叱《しか》りの言葉をいただいた後、一度コテージに向かう。

宝物……ではなく極蒼龍の宝玉を厳重に保管し、諸々《もろもろ》の準備を済ます。

海辺に着いて、さあ泳ごうとしたときだ。少し離れた場所にある堤防《ていぼう》で、釣りをしている若者グループが目に入った。その光景自体は、別におかしくも何ともない。最初はただの観光客だなと思うだけだった。

……彼《かれ》らの足下《あしもと》に捨てられた、大量の魚を見るまでは。

魚たちはもう動いておらず、すでに死んでしまったと容易にわかる。保管用の箱に入れてあるわけでも水に入れてあるわけでもないことから、食す目的で釣ったわけではないとも……。

　ある思いを抱きながら立ち止まって見ていると、先に進んでいたロールちゃんとネッちゃんが私の近くに戻ってきた。

「どうしたの、レベッカ。早く泳ぎに行こうよ」

『キャンデさんが来るまで、少しでも練習しようニャ』

「……二人ともここで待ってて。あの人たちに注意してくる」

「『え……？』」

　二人に事情を話すと、一緒《いっしょ》についていくと言ってくれた。

「わたしも行くよ。ああいう人たちは何してくるかわからないし」

『ネッちゃんはいつだってレベッカの味方ニャ』

「ありがとう……二人とも」

　優しさが心に沁《し》みるね……。

　ロールちゃんとネッちゃんと共に若者グループに近寄り、声をかける。

「あの……」

「ああ？　なんだよ」

　話しかけると、グループはこちらを向いた。みな男性で、金髪《きんぱつ》の人が二人に茶髪《ちゃぱつ》の人が一人。歳《とし》は私と同じか少し上くらいに見える。

「そのお魚はどうしたんですか？」

砂浜《すなはま》に捨てられた何匹《なんびき》もの魚を指して言うと、三人とも馬鹿にしたような目つきで私を見て話した。

「見ればわかるだろ。いらないから捨てたんだよ。大物以外の雑魚《ざこ》は獲《と》ってもしょうがねえからな」

「誰が一番大物を獲れるか勝負してんだ。……文句あんのか？」

「ここは魚も多いし、意外な穴場で毎日釣《つ》ってるのさ。まぁ、こんなに釣れたら捨てるしかねえわな」

三人は笑う。どうやら、彼らは釣った魚の大きさ勝負をしているらしい。

魚釣りは悪いことではないけれど、一番大きな獲物《えもの》以外は捨ててしまうなんて、そんなのあんまりだ。

「食べ物を粗末《そまつ》にしないでください。いらない魚ならリリースすればいいじゃないですか」

「「……は？」」

「食べるためでもなく、ただ殺されたんじゃお魚が可哀想《かわいそう》です。お魚だって生きてるんですよ」

いたずらな殺しは、獰猛な魔物と一緒だ。日々の食事は感謝の気持ちを持たないといけない。

そう伝えたつもりだったけど、三人は激しく怒鳴《どな》り始めた。

「俺《おれ》たちの楽しみに口出ししてんじゃねえ！」

「釣った魚をどうしようが、こっちの勝手だろ！」

「そうだよ、何様のつもりだ！　調子に乗るな！」

突然、若者グループは釣り竿《ざお》を振り回して攻撃《こうげき》してきた。鋭利《えいり》な先端《せんたん》部分や釣り針《ばり》が顔に迫《せま》り来る。

こ、これは大変なことになってしまった。

「釣り竿を振り回さないでください！　危ないですから！」

「『レベッカ、下がって！』」

ロールちゃんやネッちゃんと一緒に急いで退避《たいひ》するも、若者グループは釣り竿を振り上げて追いかけてくる。周りの海水浴客も逃げ惑《まど》い、長閑《のどか》な砂浜は一転して騒然《そうぜん》とした空気に包まれた。

わあわあと逃げる中、私たちと若者グループの間に一人の女性が割《わ》り込んだ。目が覚めるような真っ赤な髪をした、力強い雰囲気《ふんいき》を湛《たた》えた女性が……。

「レベッカたちに何をしている」

キャンデさんが……来てくれた！

突然現れた彼女を見て、若者グループは一段と強く声を張り上げる。

「なんだよ、お前！　こいつらの仲間か⁉」

「説教なんて求めてないんだよ！　わかったらどっか行け！」

怒号《どごう》とともに、茶髪の人がぐわっ！　と釣り竿をキャンデさんに振り下ろした。

あ、危ない……！

キャンデさんは釣り竿を軽く押《お》さえると、いとも簡単に奪《うば》い取る。そのまま相手の腕《うで》を掴み、ぎりぎりと捻《ひね》り上げた。砂浜に苦痛の声が響《ひび》く。

「て、てめえ、何しやがる！　こんなことして良いと思ってるのか！　俺は侯爵《こうしゃく》家の人間だぞ！」

「侯爵家……？　貴族の出身とは、とうてい信じられんな。食べ物を無駄《むだ》にしてはいけない、ということすらわからないらしい」

話しながらも、キャンデさんは掴んだ腕をどんどん捻り上げる。ほ、骨が折れちゃいそうだよ。キャンデさんなら何の躊躇《ちゅうちょ》もなく折ってしまいそうだ。

そろそろ止めた方がいいのか、でも釣り竿を振り回されたら危ないし……などと悩《なや》んでいると、金髪の一人が叫ぶように言った。

「お、おい、この女……〝惑乱《わくらん》の凶星《きょうせい》〟じゃないか⁉」

その言葉を聞いた瞬間《しゅんかん》、若者グループの三人も砂浜にいる海水浴客も、みんな驚《おどろ》きに満ちた顔でこちらを見る。砂浜を包む緊迫《きんぱく》した空気に、キャンデさんの二つ名は〝アルビオン・ビーチ〟にまで轟《とどろ》いているのだと実感した。

特に、腕を捻り上げられている茶髪の人は、怪物《かいぶつ》でも見たかのように顔が真っ青だ。どっと恐怖《きょうふ》の冷や汗をかき、砂浜を濡《ぬ》らしていく。そんな彼に対して、キャンデさんはあくまでも冷静に語った。

「釣った魚は、街のレストランにでも行って調理してもらえ。責任をもって、お前たちが全部食べるんだ」

「は、はあ？」

「それがいたずらに殺した命に対しての、せめてもの償《つぐな》いだ。レベッカが言う通り、食べ物を粗末にすれば、地獄《じごく》の業火で火炙《ひあぶ》りにされ、生きたまま舌を抜《ぬ》かれ、崖《がけ》から突《つ》き落とされても文句は言えない」

そ、そこまでは言っていなかったと思いますが……。でも、キャンデさんから言ってもらうとより威厳《いげん》がある。

茶髪の人はしばし悔《くや》しそうに唇《くちびる》を噛《か》みしめていたけど、やがてやけになったように叫んだ。

「わ……わかった……わかったよ！　喰《く》えばいいんだろ⁉　わかったから手を離せ！」

「食べたかどうか、ちゃんと調べるからな」

キャンデさんが解放した瞬間、若者グループは捨てた魚を全部拾い上げ、猛《もう》スピードで街の方に逃げていった。

瞬《また》く間《ま》に小さくなる後ろ姿を見て、ようやくホッとひと息ついてキャンデさんにお礼を述べる。

「キャンデさん、どうもありがとうございました。私たちだけじゃ怪我《けが》していたかもしれません」

「いや、気にするな。ああいう輩《やから》はすぐに逆上すると相場は決まっている。怪我がなくて何よりだ。……それにしても、レベッカは勇気があるな。立派な行動だ」

「ありがとうございます。居ても立っても居られなくなってしまって……」

ロールちゃんとネッちゃんと一緒に「よかった、よかった」と話していると、ふと周囲の密集具合に気がついた。

砂浜にいた海水浴客の他、〝アルビオン・ビーチ〟の住民や観光客、さらには街の店員

さんまで私たちの周りに集まっている……⁉

驚く私に対して、みなさんは口々に褒めてくれる。

「いいぞ、嬢《じょう》ちゃん！　よく言った！　気分がスカッとしたぜ！」

「あいつらは本当に横暴な連中でね。いつかガツンと言ってやりたかったのさ」

「何もできなくてごめんよ。貴族様にはなかなか逆らえなくて……」

そのまま、あの若者グループについての話を聞いた。

彼らは毎年この海に来ては釣りをして、いらない魚を捨てて帰る迷惑《めいわく》で粗雑《そざつ》な人たちだったらしい。茶髪の人が侯爵家というのは本当で、身分の高さから誰も注意できなかったとのことだ。

〝アルビオン・ビーチ〟の人たちは、魚が無駄にされている現状にずっと歯がゆい思いをしており、代わりに注意してくれて本当にありがとうと感謝された。

一通り褒めてくれた後、周りの人々は各々《おのおの》の居場所に散らばり、〝アルビオン・ビーチ〟の美しい砂浜には平穏《へいおん》な日常が戻《もど》る。

海の美しいさざめきがまた聞こえ始める中、ロールちゃんとネッちゃんも私を労ってくれた。

「レベッカほど勇気のある人はなかなかいないだろうね。普通《ふつう》は素通《すどお》りしちゃうよ」

『食べ物に対する思いは本物で素晴《すば》らしいニャ。ネッちゃんたちも誇《ほこ》らしいニャよ』

キャンデさんもまた、私にありがたい言葉をかけてくれる。

「また危ない目に遭《あ》いそうだったら私を呼べ。必ず助けに来るからな」

「ありがとうございます、心強いです……」

ホッとしながら答えるも、食べ物は大事にしなければ……と強く思う出来事だった。

【第七章：〝幽霊《ゆうれい》カレイのフィッシュアンドチップス〟】

「……ああ〜、なんて美しい青色なのかしら〜。まるで、海が凝縮《ぎょうしゅく》されたような神々《こうごう》しさ〜。ほら見て、レベッカ〜」

「そんなに掲《かか》げてると落としちゃうよ」

ブリジットさんに料理を振る舞《ま》ってから、およそ四日後。

ロールちゃんは宝物……ではなく、極蒼龍の宝玉を磨《みが》き上げる毎日を送っている。日に日に財宝が増えているのが大変に嬉しいようで、笑顔が絶えることはなかった。

とはいえ、いつまでも見守っているわけにはいかない。今日の夕方、ヴィラに新しいお客さんが来るのだ。やはり〝アルビオン・ビーチ〟を訪《おとず》れるのは忙《いそが》しい人が多いらしく、当日か前日に本決定となることも多かった。今回もまた大物が来るということだけど、改めて詳《くわ》しいお話を聞いておきたい。

宝玉を落とさないように注意して、ネッちゃんと一緒にゆさゆさと揺《ゆ》する。

「ほら、そろそろマドレーヌさんのところに行こう？」

『目の中が宝石箱になってるニャよ』

「ほぁぁ～」

虚《うつ》ろな目で呟《つぶや》くロールちゃんに、キャンデさんもどこか呆《あき》れた様子。

「まったく、海にいるときくらいは抑《おさ》えてほしいものだな」

そんな話をしながら宝玉をしまうとロールちゃんも魅惑《みわく》の世界から戻ってきてくれて、いつものようにシャキッとする。

「……はっ、こうしているわけにはいかないよ！　マドレーヌさんのところにいかなきゃ！　仕事が遅《おく》れたら報酬が減っちゃうかも！　……どうしたの、レベッカにネッちゃん」

「『何でもない（ニャ）よ』」

隣のコテージに移動して扉をノックすると、すでに興奮した様子のマドレーヌさんとメーヴェくんが出迎《でむか》えてくれた。

「レベッカさん聞いて！　またすごいお客様よ！　ねえ、すごいと思わない!?」

『大物中の大物であります！　このお名前を聞いたら皆様方《みなさまがた》も、驚愕《きょうがく》しきりのことと存じます！』

マドレーヌさんは両手を、メーヴェくんは翼《つばさ》をはためかせ捲《まく》し立てる。二人の反応から、ジャクリーンさんやブリジットさん以上のすごい人が来たことはわかった。

でも、あいにくとその人が誰なのか不明だ。よって、一緒に驚いたり喜んだりできない。

とりあえず、私が代表して尋《たず》ねる。

「……すみません、まだどなたか聞いていないのですが……」

恐《おそ》る恐る聞くと、二人とも静かになった。徐々《じょじょ》に恥《は》ずかしげな表情となり、マドレーヌさんが照れた様子で話し出す。

「……ごめんなさい。興奮のあまり、一番重要なことを伝え忘れてしまったわ。なんと、〝ヴィ・ゼルペディア商会〟の会長であらせられるエミリエンヌさんなのよ！」

「『ええっ⁉』」

マドレーヌさんの話に、私もネッちゃんもロールちゃんも激しく驚いた。キャンデさんは至って普通の様子だからさすがだ。

〝ヴィ・ゼルペディア商会〟と言えば、リス獣人《じゅうじん》であるスクアーさんの〝ル・スクワロ商会〟に匹敵するほどの大きな商会で、互いにライバル関係と聞く。王国内に限らず外国の品まで手広く扱《あつか》っていて、価格も庶民《しょみん》向けの物からセレブな物まで幅広《はばひろ》い。大事な人への贈《おく》り物を探していたら、まずはここに行けと言われるほど有名なお店だ。

商会長とはトップのことだから、大変に偉《えら》い人に違《ちが》いない。またすごいお客さんに緊張《きんちょう》する私に、マドレーヌさんが話す。

「どうやら、レベッカさんが〝ル・スクワロ商会〟に卸《おろ》している〝ポイクッキー〟を食べて、ちゃんとした料理を食べたくなったらしいの」

「えっ、そうなんですかっ？」

「しかも、商会長のスクアーさんが直々に贈ったって話なの。〝ル・スクワロ商会〟とも取引していたなんてさすがよ。今度私にも食べさせてちょうだいね」

『自分も所望《しょもう》いたします！』

まさかの経緯《けいい》にまたもや驚く。〈ポイズンハーブ〉から作ったクッキー、〝ポイクッキー〟の販売《はんばい》実績が良好であることはスクアーさんからの手紙で知っていたけど、不思議な繋がりがあるものだ。

「エミリエンヌさんは夕方頃《ゆうがたごろ》に到着《とうちゃく》されるそうよ。レベッカさんは夕食の用意をお願いね」

『今日は風も安定しているし、きっと美しいサンセットも見られるはずであります！』

とのことで、わかりました！　と答え、私たちは外に出る。

いやはや、毎回セレブな人ばかりでドキドキするね。お忙しい生活だろうから、おいしい料理でおもてなししなければ。

その足でみんな一緒に市場に行き、まずはライアンさんに漁の成果を聞く。

「こんにちは、漁はどんな感じでしたか？」

「ああ、レベッカちゃんの希望通りの食材が手に入ったよ。ほら、こんな感じさ」

そう言って見せてくれた木箱には、氷の上に新鮮《しんせん》な海鮮《かいせん》物が並び置かれている。必要な食材は一つも欠けておらず、事前に考えたレシピ通りに調理できそうだ。ライアンさんにお礼を言い、直前まで保管してもらう。

まだまだ日は高いので、海に行くことになった。さっそくロールちゃんは財宝探しの素《す》潜《もぐ》りを始めて、ネッちゃんは水際でぱちゃぱちゃ遊ぶ。

もちろん、私はキャンデさんの厳しい指導。浅瀬《あさせ》で立ち、腕を構えて指示を待つ。数十メートル先で、偉大《いだい》なる指導者のお姉さんが手を振りながら叫《さけ》んだ。

「レベッカ、今日も十五メートル泳ぐ練習だ。まずは二往復しろ。途中《とちゅう》で足をついても構わんぞ」

「は、はい、頑張《がんば》ります」

キャンデさんが目印として立ってくれており、そこを目指して水面に飛び込み手を伸《の》ばし足を動かす。

実のところ、猛特訓《もうとっくん》のおかげで私も少しずつ泳げるようになってきている。最初はバタ足で精一杯だったのが、今は十五メートルくらいまでなら足をつかずに泳げるようになれた。指導の賜物《たまもの》だね。

素潜りロールちゃんを横目に泳ぎの練習を続け、海から揚《あ》がり、料理の準備を整えたところで夕方が訪れた。今はヴィラの前で深呼吸している。

空の色も青の他に黄色やオレンジなどが混ざり始め、黄昏時《たそがれどき》の色合いが大変に美しい。傍らにいるのはいつものみんな。どことなく緊張する私に、無言で笑いかけてくれた。

そっと扉《とびら》をノックする。

「お休みのところ失礼します。お夕食を作りにまいりました、レベッカ・サンデイズと申します」

『は～い、少々お待ちいただけますこと？』

扉の向こう側からはソプラノな可愛《かわい》い声と、パタパタとした足音が聞こえた。カチャリと扉が開かれると、スクアーさんと同じくらいの大きさの女性が現れる……のだけど、私は思わず言葉を失ってしまった。

出てきたのは、栗色《くりいろ》の長い髪《かみ》を湛《たた》え、黄色いつり目が印象的な女性だ。頭の上に生えた耳は半月状で、背中からはふさふさの尻尾《しっぽ》が生え、まるでイタチが人間になったような姿。

こ、この人は……。

色々と衝撃を受けていると、女性が恐る恐る話す声で我に返った。

『わたくしがエミリエンヌですけど……どうされましたの……？』

「エミリエンヌさんは〝イタチ人族〟だったんですか!?」

『え、ええ、そうですわよ。なんだか騒《さわ》がしい人ですわね』

ちょっと引かれているような気がしなくもないけど、なかなかショックが抜けきらない。

〝ヴィ・ゼルペディア商会〟の商会長が、亜人《あじん》の種族としても珍《めずら》しい〝イタチ人族〟だったとは思いもしなかった。

ロールちゃんとネッちゃんにそっと小突《こづ》かれ、意識を取り戻した。慌ててエミリエンヌさんに話す。

「慌ただしくて申し訳ありません。本日はどうぞよろしくお願いします。こちらにいるのは料理を手伝ってくれるロールちゃん、ネッちゃん、キャンデさんです」

『いえいえ、こちらこそお願いしますわね。久々の休暇《きゅうか》がこんな美しい海で過ごせるなんて幸せですわ。夏の海なんて、王道中の王道のシチュエーションですもの。さあ、入ってちょうだいな』

びっくりさせてしまったものの、エミリエンヌさんは快くヴィラの中に入れてくれた。ありがたい限り。身のこなしや話し方などとても上品で、これぞセレブといった感じだ。

キッチンで諸々の準備を進めていると、先ほどのマドレーヌさんとの会話が思い出された。

「そういえば、スクアーさん経由で〝ポイクッキー〟を召《め》し上がっていただいたんですよね？　食べていただいてありがとうございまし……」

『スクアーさん、ですって⁉』

いきなり、エミリエンヌさんが激しく叫ぶ。いったい何があったの、と思う間もなく、さらに叫び声は続いた。

『あいつの類《たぐ》い希《まれ》な商才のせいで、あーしの商売計画が全然進まなかったんだよ！　こんちくしょう！　しゃあ、おらぁ！』

ヴィラにドスの利《き》いた怒号が響く。エミリエンヌさんはさっきまで上品で穏《おだ》やかだったのに、スクアーさんの話題になった途端豹変《とたんひょうへん》してしまった。今もまた、虚空《こくう》に向かって何やら口の悪い言葉を叫びまくっている。

途端に、傍らのロールちゃんとネッちゃんが震《ふる》えながら私にしがみついた。

「た、大変だよ、レベッカ。怒《おこ》り出しちゃった」

『すんごく怖《こわ》いニャ』

キャンデさんだけは平常心そのもので、至極冷静に私に言う。

「どうやら、レベッカは言ってはいけない言葉を言ってしまったようだな」

「そ、そんな……」

どうやら、私の軽はずみな発言が発端《ほったん》だったらしい。何ということだ。それにしても何がいけなかったんだろう……。

疑問に思うも、すぐになぜだかわかった。

……そうか。

きっと、ライバル商会だから仲が悪いんだ。私がそう思う間も、悪口は止まらない。

『あんたは昔から商才に溢《あふ》れすぎなんじゃ、おらぁ！　あーしがどれだけあんたに追いつきたいのかわかってんのかぁ！　昔からの憧《あこが》れに、ようやく並べた気持ちを理解しやがれ、どりゃあ！』

……おや？　よく聞いてみると……？　スクアーさんを褒《ほ》めているような？

疑問に思い、怒号は怖いけどどうにか頑張って聞いてみた。

「あの～、エミリエンヌさんは本当はスクアーさんのことが好きなんですか？」

『えっ！』

尋ねると、ピタリと固まった。

同時に怒号の嵐《あらし》も収まり、エミリエンヌさんはつらつらと語り始める。

『そ、そんなわけないでしょうが。あいつは世界一の商才を持っていて、あーしみたいな人間にも分け隔《へだ》て無く接してくれる優《やさ》しさもある。そういう素晴らしい商人を嫌《きら》いになるはずがなくて……』

そのまま、頬《ほお》を赤らめながらスクアーさんのことを褒めちぎる。どうやら、エミリエンヌさんはツンデレとやらしい。

しばらく褒め言葉《ことば》を述べた後、こほんっと咳払《せきばら》いすると上品な仕草と声に戻って私に言った。

『さて、そろそろお夕食の準備をお願いしましょうかしら。少しばかり大きな声を出してお腹《なか》が空《す》きましたわ。できあがるまで休むので、静かにお願いしますわね？』

「かしこまりました。少々お待ちくださいませ」

というわけで、キッチンに移動して袖《そで》を捲る。

周りにはネッちゃん、ロールちゃん、キャンデさんのいつものメンバー。みんな、私の料理に期待している。

……よし！　静かにおいしい料理を作るぞ！

「さあさあさあ！　始まりましたよ、料理のお時間！　あっはっはっはっ、楽しいですねえ！」

「エミリエンヌさんに怒《おこ》られるよっ」

『泳ぎがうまくなっても癖《くせ》は変わらなかったニャね』

「致《いた》し方《かた》ないな」

ネッちゃんたち三人が何かを言っているけど、残念ながら小声なのでよくわからない。

私が作るのは……フィッシュアンドチップス！　お魚とじゃがいもをカラッと揚げた、シンプルでおいしい料理。まさしく、海にピッタリだ。

お鍋《なべ》で油を熱しながら、まずはお魚の準備をする。

取り出したのは、皮にお化けみたいな模様が浮《う》かんだ平たいお魚。これは……。

「〈幽霊カレイ〉ぃ！」

「うわっ、びっくりした」

『突然《とつぜん》叫《さけ》ばないでくれニャ』

「突然じゃなくても叫ばないでくれ」

さっきから、みんなはいったい何を話しているんだろうね。

〈幽霊カレイ〉は泳いでいるときは、それこそ幽霊のようにぼんやりと身体が透《す》き通る。捕獲《ほかく》が難しい魚だけど、ライアンさんがいてくれてよかった。その毒の衝撃は思わず幽体《ゆうたい》離脱《りだつ》してしまうほど強いものの、味も食感も絶品。優しくてクセのない味は万人《ばんにん》に好まれ、火を通しただけでホロホロと崩《くず》れてしまう。

食べやすいように一口サイズに切って、軽く塩コショウ。

味を染《し》み込ませる間、お次はじゃがいもの準備。箱から出すや否《いな》や、私のテンションはぶち上がる。

「お馴染《なじ》み、〈ぽてっとポテト〉ぉ！　また会えて嬉《うれ》しさ満点、ビバ満点！」

「やっぱり、静かにするなんて無理かぁ」

『レベッカにそんなことできるわけないニャ』

「たとえ無理でも希望は持ち続けよう」

〈ぽてっとポテト〉は、これまたキャンデさんが山から採ってきてくれた。元々生息域が広い毒食材だけど、〝アルビオン・ビーチ〟で手に入ってよかった。よく洗い、スティックの形に切る。パリッとした食感も楽しんでほしいので、皮は剝《む》かなかった。

食材の準備が終わったら……。

「最後は！　衣《ころも》を！　用意せよ！」

「騎士団《きしだん》の号令みたい……」

『おっかないニャ』

「さながら、ここは戦場だな」

衣は〈トキシン小麦〉の小麦粉と、おビールを混ぜて作る。なんとおビールを加えると、しゅわしゅわした空気で衣がふんわりするのだ。いやはや、素晴らしいこと。

食材に衣をつけ、火が通るまで時間がかかる〈ぽてっとポテト〉を先にイン。少ししてから〈幽霊カレイ〉をイン。パチパチと油が弾《はじ》ける音を聞くと、一緒に拍手《はくしゅ》したくなっちゃうよね。

「さあ、みんなも拍手しましょう！　大拍手《だいはくしゅ》ー！」

「遠慮しとこうかな」

『このまま、料理が終わるまで待とうニャ』

「泳ぎの練習もこのような熱意で取り組んでほしいものだ」

パチパチと五分も揚げたら完成。

こんがり仕上がった〈幽霊カレイ〉と〈ぽてっとポテト〉をお皿に移していると、立ち上る湯気に反して私のテンションは落ち着いていく。

「では……お出ししてきます」

「『は～い』」

毎度の如く、私だけリビングにゴー。肝心《かんじん》のエミリエンヌさんはというと、目を見開いてこちらを見ていた。

「……お待たせしました。〝幽霊カレイのフィッシュアンドチップス〟でございます」

料理をテーブルに置くや否や、大事な大事なお客様は頬を引き攣《つ》らせて話す。

『ず、ずいぶんと騒がしい調理をされるのですわね……。劇場にでも来たのかと思いましたわ……』

「……申し訳ございません」

怒られるどころか引かれてしまった。

これはよくない。非常によくない。

あっという間に、崖の端《はし》に追い詰《つ》められた。いやはや、自分のせいなのだけどね。

『でも、お料理はおいしそうですわ。見た目は華《はな》やかですし、揚げ物の香《こう》ばしい香りに食欲をそそられますの』

「ありがたき幸せ」

お料理が私に手を伸ばして、崖っぷちからよいしょと引っ張ってくれた。どうもありがとう。

心の中で生死の狭間《はざま》を漂《ただよ》っている間も、エミリエンヌさんはあ～ん……と〈幽霊カレイ〉のフライを可愛いお口に運ぶ。

いよいよ審判《しんぱん》の時が来た……！

一口食べた瞬間、エミリエンヌさんは席から立ち上がった。そのまま、窓際《まどぎわ》に向かってとことこと歩いて行く。

ど、どうされたのですか……？

突然の予期せぬ行動に、私はどっと冷《ひ》や汗《あせ》をかく。いったい、何が彼女《かのじょ》をそうさせているのか……。

思案するや否や、一つの可能性にぶち当たった。

……お料理が口に合わなかったのでは？

きっとそうだ。ただでさえ、私は騒がしい調理で引かせてしまった。念願のお料理がそこまでおいしくなく、もうヴィラから帰るつもりなのだ。

違うお魚を使った方がよかったのか、それとも最後の拍手が足りなかったのか……などと、頭の中であれこれ考えていると、エミリエンヌさんは思いっきり叫んだ。

『うますぎなんじゃ、こらぁ！』

うますぎなんじゃ、こらぁ……、うますぎなんじゃ、こらぁ……、うますぎなんじゃ、こらぁ……と、ドスの利いた声が海に反響《はんきょう》する。響く声の余韻《よいん》が消えると、エミリエンヌさんは何事もなかったかのように席に戻った。

こほんっという咳払いの後、極《きわ》めて上品な声と仕草で私に話す。

『一言で申し上げますと、このフライは至極《しごく》絶品ということですわ。こんなに美味のお料理は初めてかもしれませんね』

「ありがたき幸せ」

ドスの利いた声で怒鳴られるんじゃないかと少々心配だったけど、取り越《こ》し苦労《ぐろう》だったようだ。相も変わらずネッちゃんたちがキッチンに控《ひか》える中、エミリエンヌさんはフライを笑顔《えがお》で頬張《ほおば》る。

『表面はサクサクなのに、中はしっとりおいしいですわよ。お魚の味も淡泊《たんぱく》と思いきや、後を引く濃厚《のうこう》な味わいが舌を楽しませます』

「そのお魚は〈幽霊カレイ〉と言いまして、捕《つか》まえるのが難しいレアなお魚なんです。カレイの中では濃《こ》い味が有名です」

『へぇ～、そんなお魚があるんですの。わたくしも初めて食べましたわ。とってもおいしいこと』

気に入ってくれたみたいで安心する。今度は〈ぽてっとポテト〉のフライを食べると、一段と明るい笑顔になった。

『あら、すごいふかふかなお芋《いも》ですわね。塩味もちょうど良いですし、ほくほくしていておいしい……。食べる手が止まりませんわ』

「〈ぽてっとポテト〉でございます。近辺の山で入手いたしました」

『お魚とじゃがいもは相性抜群《あいしょうばつぐん》で、素晴らしい組み合わせですわよ。ああ、とてもおいしい……』

そう話すエミリエンヌさんの手は止まらず、和気藹々《わきあいあい》とした雰囲気でお食事はあっという間に終わった。

空っぽになったお皿を持ってキッチンに行くと、ネッちゃんたちが出迎えてくれる。

『お疲《つか》れ様《さま》だニャ。今回も大好評だったニャね』

「すごいよ、レベッカ。〝ヴィ・ゼルペディア商会〟の会長さんなんて舌が肥えているだろうに」

「今回もお前は素晴らしい腕を振《ふ》るったな。よくやった」

みんな褒めてくれて嬉しいのだけど、やっぱりキッチンにずっといるんだね。

食後のサービスに〈ポイズンハーブ〉のハーブティーを持って行くと、エミリエンヌさんはすごい喜んでくれた。満足気にこくりと一口飲み、笑顔で話す。

『レベッカさん、おいしい料理をありがとうございました。スクアーちゃんのお話通りのおいしさでしたわ』

「ご満足いただけてよかったです」

私がそう答えると、彼女の顔には小さな陰《かげ》が差した。一瞬《いっしゅん》の沈黙《ちんもく》の後、意を決した様子で言う。

『皆様《みなさま》だから言いますけど、スクアーちゃんとは本当はもっと楽しく話したいのです。だけど、わたくしはこんな性格ですから、憧れの人を前にするとどうしても恥ずかしくなって……。結局、思ってもないことを言ってしまうのですわ。嫌われてないか……心配になりますわね』

エミリエンヌさんはぽつぽつと呟く。やっぱり、スクアーさんのことが好きなのだ。彼女が〝カフェ・アンチドート〟に来たときのことを思い出すと、そして、いつも貰《もら》う丁寧《ていねい》な手紙の文章を思い出すと、そんな心配をする必要はないと思えた。

私はその小さな可愛い手をそっと握《にぎ》る。

「きっと、スクアーさんもエミリエンヌさんのことは好きですよ。大切な人だからこそ、自分の商会で扱っている〝ポイクッキー〟を直々に贈ったのだと思います」

『レベッカさん……』

つり目な黄色の瞳《ひとみ》が、夕日に照らされうるうると潤《うる》む。私が正直な気持ちを伝えると、ロールちゃんたちも賛同してくれた。

「そうですよ。スクアーさんはすごい良い人ですから安心してください」

『心配なんていらないニャ』

「あいつはそんなことで他人を嫌いになるヤツじゃない」

みんながそう言うと、エミリエンヌさんはしばしポカンとしていた。やがて、そっと目をこすると笑みを浮かべる。

『……たしかに、そうですわね。商会に帰ったらお礼のお手紙を出しますわ。素晴らしい料理と最高の人たちを紹介《しょうかい》してくれてありがとう、と……。さて、おいしい料理と皆様のおかげで元気が出ましたわ。忘れる前にお礼を渡《わた》しておきましょう』

「えっ、お礼……ですか？　申し訳ないですよ」

『いえいえ、どうかお気になさらず』

私が断るもエミリエンヌさんは書斎《しょさい》に行くと、小さめな四角いキャビントランクを持ってきた。ゆっくりと開かれると、黄金の輝《かがや》きがリビングを照らしまくる。収まるは加工された金の板。

こ、これは、まさか……。

『この中には金の延べ棒が十本入っています。どうぞ受け取ってくださいな。鞄《かばん》は特殊《とくしゅ》な魔《ま》道具《どうぐ》なので、とても軽く持ち運べますわ』

「いやっ！　さすがにこれはちょっと……！」

「ありがとうございます！　ぜひ、お受け取りさせていただきます！　はわわ……」

断る間もなくロールちゃんが回収し、いつものはわわ……も炸裂《さくれつ》。また財宝が増えてよかったね。

何はともあれ、弾けるような笑顔のロールちゃんを微笑《ほほえ》ましく見ていると、ネッちゃんが海の方を指して言った。

『みんな、夕陽がすんごく綺麗《きれい》ニャよ』

「『ほんとだ……』」

太陽が水平線に沈《しず》んでいき、海も空も淡《あわ》いピンク色に包まれる。ため息が出るほどの美しいサンセットを見ながら、エミリエンヌさんがポツリと呟く。

『スクアーちゃんにも見せたかったですわね』

ライバルでありながら友達みたいな彼女たちの関係性が微笑ましくなる。隣《となり》を見ると、ネッちゃんやロールちゃん、キャンデさんも静かに微笑みを浮かべていた。

私もまた昼間のように心が明るくなりながら、エミリエンヌさんに伝える。

「今度はぜひお二人でいらしてください。心から歓迎《かんげい》いたしますよ」

豊かな潮の香りの中で一日の終わりを楽しむ私たちを、真っ赤な夕日がいつまでも照らしていた。

【第八章：〝メガカサゴのギガントパエリア〟】

「はわわ……、金が板になっただけなのに、何でこんなに魅力的《みりょくてき》なんだろ～……。ねえ、見て～、わたしの顔が映ってる～」

「目が金色になってるよ」

エミリエンヌさんが商会に帰ってから、四日が過ぎた。

ロールちゃんはロフトの床《ゆか》に金の延べ棒を並べては、自分の顔が映り込《こ》むのを楽しんでいる。陽光に黄金の輝きが反射して、室内が金色に満たされていた。それ以外にも高価な服や極蒼龍《ごくあおりゅう》の宝玉など、財宝ばかり置かれているので気が気じゃない。でも、大好きな財宝が着々と増えててよかったね。

あの後、エミリエンヌさんとは色々と商談を締結《ていけつ》した。〝ポイクッキー〟を正式に卸してほしいと頼《たの》まれ、他にも新作のお菓子《かし》や料理などを提供することが決まったのだ。今は難しいけど、〝カフェ・アンチドート〟に帰ったら諸々《もろもろ》の計画が本格的に始動する予定なり。森に帰る楽しみが増えて私も嬉しい。

ロールちゃんとネッちゃんと一緒《いっしょ》に数々の財宝を仕舞《しま》っていると、キャンデさんが私たちに言った。

「客が来るまで泳ぎの練習でもしてるか？」

「そうですね、お願いします。ちょうど、ライアンさんにも会いたいですし」

今日の夕方、四組目のお客さんとしてモルレンデ家の五人の家族連れが来る。裕福《ゆうふく》な商人の一家と聞いており、エミリエンヌさんと同じように夕食を提供するのが仕事だ。

ライアンさんに漁の結果を聞きがてら、みんなで街に向かう。市場で漁の成果について尋ねると、今回も上々だった。料理を作るのが楽しみだ。

ビーチに着くと、さっそくロールちゃんは素潜り開始。

「今日こそ、絶対何か見つけたいな！　この辺りに沈没船《ちんぼつせん》の金貨が絶対落ちていると思うんだけど……！」

「あまり沖には行っちゃダメだよ」

『浅瀬でしかやらないから大丈夫《だいじょうぶ》ニャ。でも、ネッちゃんも遊びながら見とくニャよ』

パチャパチャと遊び始めたネッちゃんを横目に、私も練習を始めよう。傍《かたわ》らのキャンデさんが元気よく送り出してくれる。

「頑張れ、今までの練習を思い出すんだ」

「はいっ！」

力強い言葉を胸に、勢いよく砂を蹴《け》る。

猛特訓の毎日を過ごした結果、今ではもうほとんど泳げると言っても過言ではないくらいになってきた。まだクロールみたいに腕《うで》を動かすことは難しいけど、けのびなら足を着かずに二十五メートルほど泳げる。

浅瀬の奥《おく》まで泳いで帰ってきたら、キャンデさんが満足げに褒めてくれた。

「よし、いい感じだ。この調子で世界一の選手を目指すぞ」

「えっ、世界一……？」

「夏も終わりに近づいているが、残りの期間を全力で練習すれば必ず世界最強の選手になれるはずだ」

その目はメラメラと赤く燃えている。いつの間にか、キャンデさんの目標と私の目標が著《いちじる》しく乖離《かいり》していた。

私はただ泳げるようになればいいだけなんですけど……。

言い出すタイミングを見計らっていたら、街の方から私を呼ぶ声が薄《う》っすらと聞こえた。

「レベッカさ～ん、大変よ～」

『レベッカ殿《どの》～、緊急《きんきゅう》事態であります～』

振り返ると、マドレーヌさんとメーヴェくんがこちらに向かって駆《か》けている。二人の言葉や慌《あわ》ただしい様子から、何かがあったのだとわかった。

私たちも海から揚がり、彼女らの下に急ぐ。

「いったいどうされたんですかっ」と尋ねると、マドレーヌさんは息を切らしながら語った。

「実はね……夕方にいらっしゃるはずだったお客様が……もうお見えになったの。しかも、今すぐ食事が食べたい……ということで……なぜか、だいぶピリピリしていて……。大急ぎでレベッカさんを呼びに来たのよ……」

『お父さんもお母さんも子どもたちも……みんな怖いのであります！』

二人の話から、相当切羽《せっぱ》詰《つ》まった状況《じょうきょう》だとわかる。こうしちゃいられない。

「わかりました！　急いでヴィラに向かいます！」

身体を拭《ふ》きながら答え、ライアンさんから食材を貰い、猛《もう》スピードで着替《きが》え、みんなと一緒にヴィラに駆ける。

扉の前でもう一度身なりを整えてから、コツコツとノックした。

「モルレンデさん、失礼します。シェフのレベッカ・サンデイズです。食事の用意にまいりました」

「……入ってくれ」

重い声が聞こえたので、そっと中に入る。

リビングにはすでに五人家族がテーブル前に座《すわ》っていて、皆《みな》さん睨《にら》みつけるような鋭《するど》い眼差《まなざ》しをこちらに向けていた。ご両親と息子《むすこ》さんが一人に、娘《むすめ》さんが二人。旦那《だんな》さんがゆっくりと口を開く。

「早く料理を作ってほしい……大至急だ……」

ヴィラの中はかつてないほど緊迫《きんぱく》した空気に包まれ、心臓がドキドキと激しく緊張する。ロールちゃんとネッちゃんは私の後ろに隠《かく》れちゃった。キャンデさんですら、魔物《まもの》と戦っているときみたいな険しい顔つきだ。

「わかりました、直ちにご用意いたします！」

叫ぶように言ってキッチンに行き、みんなで急いで準備を済ます。

すぐに料理を作らなければ……静かに！

「では！　料理を！　始めましょう！　私が作るのは、皆大好きパエリアだー！」

「お願いだから静かにっ」

『空気がピリピリしてるんニャよっ』

「今回くらいは静かにした方がいいんじゃないのかっ」

フライパンに〈ポイズンオリーブ〉のオイルを回し入れ、着火！

最初に入れるのは、〈迷い米〉。これも〝カフェ・アンチドート〟から持ってきたよ。時短のため、先に炊《た》き始めるぅ。水を入れたら軽く塩コショウで味付け。

別のフライパンを用意して、新たな食材を入れますよぉ。

「炒《いた》めるのは〈幻惑《げんわく》オニオン〉！　クリアになるまで火を通せ！」

「ああ～、火力に比例してテンションが～」

『冷やしたら静かになるかもしれないニャッ』

「よし、風を送れっ」

みんなが何やらコメントする中、〈幻惑オニオン〉の調理が完了《かんりょう》。何だか涼《すず》しいね～。

お米の上に載《の》せて、次の調理に移るんるん。

「主役となる海鮮物のお出ましだーー！　〈メガカサゴ〉、〈オドロイカ〉、〈怖ホタテ〉、そして〈ハンマーハマグリ〉の四銃士《よんじゅうし》ぃ！」

「ダメだ……全然静かにならない」

『諦《あきら》めちゃダメニャッ』

「全力で風を送れっ」

まったく、みんなは何を話しているんだか……。おまけに、さっきより涼しくなってきたよ〜。

〈メガカサゴ〉は普通《ふつう》のカサゴより、二倍くらい大きなカサゴ。身が大きくて旨《うま》みが詰まっている分、背びれや胸《むな》びれの毒も強力。触《さわ》っただけで失神してしまうぞ。

〈オドロイカ〉の墨《すみ》は、触ると身体が少しずつどろりと溶《と》けちゃう。一方で、筋肉質な身は歯ごたえ抜群《ばつぐん》かつ濃厚な味わい。是非《ぜひ》とも、パエリアにそのおいしい成分を溶け込ませたいところ。

〈メガカサゴ〉はぶつ切りにして、〈オドロイカ〉は輪切り。それぞれお米の上に載せたら、貝類の調理。

……ところが。

「〈怖ホタテ〉と〈ハンマーハマグリ〉の砂抜《ぬ》きは、もう済んでいるから安心してね！」

「ありがとう、教えてくれて……」

『できれば、もう少し小さな声でお願いしたいところだニャ』

「不可能だな。せめて、我々だけでも静粛《せいしゅく》にしてよう」

貝類の砂抜きは昨晩から始めたので、すぐ調理に使えるよ。やっぱり、料理は下準備が大事だね。

〈怖ホタテ〉は怖い幻想《げんそう》を見てしまう毒を持つホタテ。〈ハンマーハマグリ〉はそれこそハンマーでガツンと殴《なぐ》られたような衝撃《しょうげき》を頭に受ける。いやはや恐ろしや。強い毒を持つ反面、どちらも貝柱はお肉に負けないくらい高密度で栄養満点。

炊いているお米の上に丁寧に置く。さて、そろそろ仕上げだね。

「〈業火トマト〉がここでも大活躍《だいかつやく》しますよぉ。トマトと海鮮物は相性《あいしょう》バッチリ、リリリリリ！」

「すごい甲高《かんだか》い声……」

『耳が痛いニャ』

「魔物も逃《に》げ出しそうな勢いだ」

〈業火トマト〉はざく切りにしたものを使用。全体にトマトの風味を行き渡らせる。フライパンの蓋《ふた》は外す。水分を飛ばして、旨みを凝縮《ぎょうしゅく》させるため。

お米が炊き上がるまで、女神《めがみ》様にお祈《いの》りを捧《ささ》げよう。危ないのでフライパンから離《はな》れる。

「本日の～お料理も～おいしくな～れ～」

もちろん、お祈りは一人より四人の方が効果的。

「さあ、みんなもご一緒にぃ！　おいしくな～れ～、なれなれな～れ～」

『やるしかないみたいニャね……』

「キャンデさんもわたしたちと祈ってください。恥《は》ずかしいので。もちろん、小声でお願いします」

「あ、ああ、そうだな……」

みんなで祈りながら待つこと、およそ十分。

お米が炊けると同時に私のテンションが戻《もど》り、ギガントなおいしさが詰まったパエリアが完成した。お皿に丁寧に盛り付ける。

「では……お出ししてきます」

「『は〜い』」

毎度の如く、私だけリビングに行く。肝心のモルレンデ家はというと、皆さんジッとテーブルの上を見つめていた。キッチンとはまるで別世界の静けさ。いつもとは違《ちが》う雰囲気《ふんいき》に、逆に恐《おそ》ろしくなる。

「……お待たせしました。〝メガカサゴのギガントパエリア〟でございます」

料理をテーブルに置くも、モルレンデ家の皆さんは相変わらず何も話さない。無言のままパエリアを取り分ける。話すこともできないほど、調理の騒がしさに怒っているのだろうか。だとしたら非常にまずい。

そもそも、大急ぎで料理を作ってほしいと言っていたのだから、きっと、お腹が空いてしょうがないのだ。空腹で苛立《いらだ》っているところに騒がれたら、そりゃ怒るよ。何をやっているんだろうね、私は。

頭の中で諸々後悔《こうかい》している中、旦那さんが重い口を開く。

「みんな……いただこう……」

その言葉を皮切りに、皆さんゆっくりとパエリアを口に運んでいく。

お願い、恵《めぐ》み豊かな海と山の毒食材よ！　大逆転を呼び込んで～！

一口食べた後も、モルレンデ家の人たちは何も話さない。深刻な顔で黙々《もくもく》とパエリアを食べる。今までのお客さんは海においしさを叫《さけ》んでいたけど、今回のお客さんは違うらしい。これが普通の反応なんだろうけど、おいしくなかったのかと不安になる。

そっとキッチンに戻ろうとしたとき、旦那さんが私を呼び止めた。

「お嬢《じょう》さん、お待ちなさい。このパエリアは全て君が作ったのかね？」

「え、ええ、作ったのは私です」

そう答えると、モルレンデ家の人たちは互《たが》いに顔を見合わせた。目と目で会話しているような雰囲気に、私は一段と緊張感《きんちょう》が高まる。

不安を押《お》さえ、恐る恐る聞いてみた。

「い、いかがでしたでしょうか」

「……かなり……いや、相当においしい。今まで食べてきた料理の中でも相当に……」

「よかったです、ありがとうございます」

おいしいと聞き、心底安心した。喉《のど》から飛び出そうだった心臓が、定位置に戻るのを感じる。

ホッとする私に、旦那さんはパエリアを食べながら料理の感想をとうとうと話してくれた。

『この米は、一粒《つぶ》一粒にまで海のおいしさが滲《にじ》み込んでいる。一口食べるだけですごい満足感だ。粒立ちもよくて、他の食材に負けていないのも素晴《すば》らしい』

「〈迷い米〉というお米を使用しております。最後まで蓋を開けて調理することで、お米がべちゃべちゃしないよう配慮《はいりょ》しました」

パエリアは海鮮《かいせん》物に目がいきがちだけど、あくまでも主役はお米だ。だから、食材に負けていないと言われて嬉しかった。これも普通のお米より深い味わいを持つ〈迷い米〉のおかげだね。

今度は、旦那さんはフォークで魚の身を食べながら話す。

『これはずいぶんと大きなお魚だ。身も肉厚で、陸上生物の肉を食べているような感覚になる。嚙《か》む度に濃厚な味わいが広がり、海の恵みを文字通り実感する』

「そちらは〈メガカサゴ〉というお魚です。普通のカサゴより二倍ほども大きく、海の栄養をたっぷりと含《ふく》んでおります。身を丸ごと入れておりますので、どうぞご賞味ください」

〈メガカサゴ〉は大きいから一部だけ使おうかと思ったけど、全部使ったのが功を奏した。惜《お》しみなく使ってあげるのが、食材にとっても何よりの敬意だ。

さらにお食事は続き、〈オドロイカ〉の輪切りを食べた瞬間《しゅんかん》、旦那さんの目がわずかに見開かれた。

『イカは弾ける食感が食材の新鮮《しんせん》さを示すな。湧《わ》き立つ海の香りも豊かだ』

「〈オドロイカ〉というイカを使いました。この時期、海流に乗って周囲の海域にやってきます。荒波《あらなみ》に揉《も》まれてきたので、とても身が引き締《し》まっています」

パエリアに使う海鮮物の候補は他にもあったけど、やっぱり一番は旬《しゅん》の物を使いたい。自然の栄養を身体の隅々《すみずみ》まで取り込んでいるし、入手しやすいし、コストも低い。食べる人の健康にとっても良い。まさしく、良いこと尽《ず》くめだ。

旦那さんが次に食べるのは、二種類の貝たち。一口ずつ食べるや否や、その顔は少しずつ明るくなる。

『貝もたくさん入っていて食べ応えがある。食べても食べても新しい味が飛び込んできてまったく飽《あ》きない』

「小さい方が〈怖ホタテ〉で、大きい方が〈ハンマーハマグリ〉でございます。どちらも食べ応えある貝柱が特徴《とくちょう》の食材です」

同じ貝類でも、種類が違えば異なる食感や味わいとなる。殻《から》ごと入れたおかげで、海のおいしい成分を余すことなくパエリアに閉《と》じ込めることができた。念入りに砂抜きしたので、砂の嫌《いや》な感じも全然しないと言ってくれて喜ばしいことこの上なし。

リビングにはお皿とフォークが接する音や、お褒めの言葉が途切《とぎ》れない。

『このトマトや玉ねぎもまた美味だ。海鮮物と非常にマッチしている』

「海の食材以外にも山《やま》の幸として、〈幻惑オニオン〉と〈業火トマト〉を入れています。玉ねぎは炒めることで香ばしさを出し、トマトはざく切りにすることで全体に旨みをいきわたらせました。海と山の幸、両方の恵みが詰まったパエリアでございます」

このパエリアは海と山、それぞれの恵みを楽しんでもらいたい。

お食事はあっという間に終わり、お皿を下げて一度キッチンに戻る。モルレンデ家の雰囲気はまだ硬《かた》いものの、終始おいしく味わっていただけたようでよかった。ネッちゃんたち三人もお皿を引き取り、私を労《ねぎら》ってくれる。

『さすがレベッカだニャ。ネッちゃんもホッとしたニャよ』

「あんなに怖《こわ》かったお客さんにも褒められるなんて、さすがはレベッカ」

「私は信じていたぞ。お疲れだったたな」

小さな声でわいわいとみんなで話して、食後に〈ポイズンハーブ〉のハーブティーをお出しすると、ネッちゃんたちも呼んでくれと頼まれた。リビングに〝カフェ・アンチドート〟のメンバーが勢揃《せいぞろ》いする。

旦那さんはハーブティーをこくりと飲むと、ご家族を見てから静かに話し始めた。

『どうか落ち着いて聞いてほしい。実は……………私たちは人間ではない。海の亜人《あじん》なのだ』

【第九章：海底】

「『う、海の亜人……!?』」

旦那さんの話に、私たち四人は驚《おどろ》きの声を上げる。だって、普通の人間とまったく同じ見た目だったから。びっくりして言葉も出ない中、旦那さんはご家族を見ながら話す。

『君たちが驚くのも無理はない。まずは証明しよう……』

今気づいたけど、彼《かれ》らはみな同じデザインのネックレスを身につけている。右側は茶色で、左側は青色の綺麗な石を嵌《は》めた首飾《くびかざ》り。

一斉《いっせい》に手を当てると、みなさんの身体を美しい青の光が包み込む。光は数秒で収まったのだけど……なんとモルレンデ家はの人々はマーマン、人魚、サメ人間、スキュラ、ウンディーネに変身した！

ほ、本当に海亜人だったのだ。

呆然《ぼうぜん》とする私たちに、旦那さんが立ち上がって私に話す。

『見ての通り、これが私たちの真の姿なんだ。黙《だま》っていて申し訳なかった。不遜《ふそん》な態度も併《あわ》せて謝罪させてほしい。人間に変する魔導具《まどうぐ》の効力が想像以上に辛くてな。また、後から詳《くわ》しく話すが、大事な頼みが我らに強いプレッシャーを与《あた》えていたのだ』

「い、いいえ、どうかお気になさらず……」

お話を聞いて、ヴィラでの張り詰めた空気の理由がわかった。まさか、裏にそんな事情があったとは……。

『さて、まずは自己紹介させてほしい。私はマーマンのディロイと言う。モルレンデ家では父親の役割だった。今回の任務ではリーダーを務めている』

ディロイさんの言葉を皮切りに、お仲間の皆さんも席から立ち上がって、それぞれ自己紹介してくれた。

『あたしは人魚のビビアン。見ての通り、母親役。まだ母親って年じゃないんだけどね』

『俺《おれ》は〝サメ人族〟のカッセル。長男役だ』

『スキュラのブーケ……長女役……』

『あたしはウンディーネのコロだよ〜。一番下の妹役だった〜』

モルレンデ、という名前も偽名《ぎめい》とのこと。私たち四人は、海亜人のみなさんと握手《あくしゅ》を交《か》わす。いつも海に住んでいるからか、彼らの手はひんやりしており、どことなく湿《しめ》っぽかった。一度にこんなたくさん会うなんて、なかなかないだろう。

自己紹介が終わると、ディロイさんとビビアンさんは一度人間の姿に戻る。魚の下半身では椅子《いす》に座り辛いとのこと。魔道具による変身は体力が削《けず》られるけど、私の料理で回復したと言ってくれた。

ヴィラを訪《おとず》れた理由について、ディロイさんが代表して話してくれる。

『さっそくだが、本題に入りたい。先ほども少し話したが、私たちはレベッカ殿に頼み事《ごと》があって陸にあるこのヴィラを訪れた。その頼みとは……ぜひ平常心で聞いてほしいのだが、海を統《す》べる〝海龍人族《かいりゅうじんぞく》〟の王――海龍王様への献上品《けんじょうひん》を作ってもらいたい』

「け、献上品を……用意⁉」

お話を聞いて、最後の方は声が裏返ってしまった。

〝龍人族〟とは亜人の中でも一際珍《めずら》しく高貴な存在で、自然の力を司《つかさど》っているという伝説だ。海龍王様の真の姿は大きな海ドラゴンだけど、普段《ふだん》は人間サイズで過ごしているとも聞いた。本当に存在していたことにも驚愕《きょうがく》するし、献上品の用意なんて大変なことだ。

ネッちゃんとロールちゃんは、もはやぽかんと口を開けるばかり。キャンデさんはなぜか、ぷくく……と笑いを堪《た》えている。きっと、平常心と献上品が似たような語感だからだろうね。このような状況でも笑う余裕《よゆう》があるなんて、さすがはSランク冒険者《ぼうけんしゃ》だ。

そんな私たちに気にせず、ディロイさんは話を続ける。

『毎年この時期になると、私たち海の亜人は海龍王様に感謝の印として献上品を渡していてな。いつも所望《しょもう》された品を用意していた。だが、今年頼まれたのは……〝今まで食べたことがないおいしい海の料理〟、という内容だった』

「それは……なんだかとても難しそうな希望です」

『ああ、海龍王様は日頃《ひごろ》からたくさんの海《うみ》の幸を召《め》し上がっている。普通の料理では満足させるのは難しいだろう。それでも、海の安寧《あんねい》を祈るため海龍王様が望む品を用意しなければならない』

亜人の王様なんて、人間よりずっと偉《えら》くて優雅《ゆうが》なイメージだった。しかも、海龍王様なら海の食材には精通しているはず……すごい難題だ。

私がそう考える間も、ディロイさんの話は続く。

『頭を悩《なや》ませていたら、このヴィラの噂《うわさ》……正確にはレベッカ殿の料理が極めておいしいという評判を聞いたのだ。そこで、私たちはレベッカ殿に頼んでみようと考えてな。こうして実際に食べたところ、本当に目を見張るほどのおいしさだったというわけだ。無毒化した毒食材というのも大変に珍しい。海龍王様も食べたことはないはずだ』

ビビアンさんやカッセルさん、ブーケちゃんにコロちゃんもうんうんとうなずく。料理がおいしいと言われるのは、やはり嬉《うれ》しいことだった。

「とても嬉しいお言葉をありがとうございます。……それにしても、よく地上の状況がわかりましたね」

『みな、レベッカ殿の料理がうまいと海に叫んでいただろう。私たちは海を通して、あの叫び声を聞いていたのだ。だから、レベッカ殿の存在に気づけたのだ』

「な、なるほど……」

どうやら、ジャクリーンさんやブリジットさん、エミリエンヌさんが海に叫んだ声が、海底にまで伝わっていたらしい。『だが、問題が一つ』とディロイさんは話す。

『元々、海龍王様は人間があまりお好きではない。いくら凄腕《すごうで》の料理人と言えど、歓待《かんたい》されるかはわからん。お住まいの海底宮殿《きゅうでん》に入れるかもわからない』

「そうですか……」

当たり前だけど、亜人の中には人間に好意的な種族もいれば敵対的な種族もいる。〝龍人族〟なんて高貴な人々ならば、なおさら人間など好きではないだろう。

みなさんは顔を見合わせたかと思うと、一斉に姿勢を正す。ディロイさんがとても真剣《しんけん》な表情で頭を下げた。

『それでも……どうか力を貸してほしいのだ。レベッカ殿、海龍王様に食事をお作りしてほしい』

ディロイさんの話を聞いて、しばし思案する。

海龍王様に料理を振る舞《ま》う……。とても光栄だけど、非常に緊張する話だ。それに、お食事の内容も難しい。

みなさんの切羽詰まった顔を見ると、どうにかして助けたいと強く思う。そもそも、安全な海から出て陸にまで出てくるくらいだ。

でも、私に出来るかな……。

不安に思っていたら、ネッちゃんがそっと私の手を握ってくれた。

『レベッカなら絶対に大丈夫ニャよ。今までだって、本当にたくさんのお料理を作ってきたんニャから』

ネッちゃんがそう言ってくれると、ロールちゃんとキャンデさんも続けて励《はげ》ましてくれた。

「そうだよ。レベッカなら絶対に海龍王様を満足させられる」

「お前の料理の腕前《うでまえ》は王国一……いや、世界一だ。自信を持て。この私が保証する」

みんな……。温かくて優《やさ》しい言葉に、心の不安はたちまち消え去ってしまった。

私はディロイさんたち海の亜人に向き直り、姿勢を正して意思表明する。

「……わかりました。ぜひ、そのお話をお引き受けしたいと思います！」

『ありがとう、レベッカ殿！　もう貴殿《きでん》しかいないのだ！』

ディロイさんたちはわいわいと嬉しそうに話す。

……ところが。

了承《りょうしょう》してから、とある重要なことを伝え忘れていることに気がついた。

「すみません、ちょっと待ってください！　マドレーヌさんにもお話ししないと！」

そうだ。私は今、ヴィラで働いている身。いくら海亜人たちの依頼《いらい》が大切でも、ヴィラの経営者たるマドレーヌさんにまずは相談しなければ……という話をすると、ディロイさんたちも納得《なっとく》した様子で頷《うなず》いてくれた。

『……たしかに、レベッカ殿の話はもっともだ。元より、私たちは後から頼んでいるのだから、ヴィラでの仕事が優先されるべきだろう』

「先に言っておけばよかったのですが……本当に申し訳ありません。でも、説明すればマドレーヌさんもわかってくれると思います。急いで呼んでくるので……」

「いや、レベッカ。私が呼んでくる。少し待っていろ」

と言って、キャンデさんがヴィラから駆け出してくれた。

あっという間に姿が見えなくなり、数分も待つとマドレーヌさんとメーヴェくんをおんぶして戻ってくる。背中から下ろされた二人は、ヴィラに入ると固まった。

「え……モルレンデさん……？　そのお姿はいったい……？」

『海の亜人のみなさん……であります』

真の姿となったディロイさんたちを見て、ぽかんと佇《たたず》むマドレーヌさんにメーヴェくん。てっきり移動しながら説明していたものだと思ったけど……。キャンデさんに聞いてみよう。

「あの、キャンデさん……事情のほどは……」

「面倒《めんどう》だから伝えていない。実際に見た方が早いだろう」

「そ、そうでしたか」

どうやら、まったく詳しい話をしていないらしかった。忘れがちだけど、キャンデさんは豪快《ごうかい》な人なのだ。

ディロイさんたちの自己紹介の後に改めて海龍王様の件を伝えると、マドレーヌさんとメーヴェくんには激しく驚かれたものの快く了承してくれた。二人とも、私の手を硬く握って話す。

「頑張《がんば》って、レベッカさん！　これは大変名誉《めいよ》なことよ！　ヴィラはしばらくお休みにするから気にしないでね！　ちょうどお客さんの予約もないし」

『地上から応援《おうえん》しているであります！』

その後みんなで話し合い、海龍王様が住む海底宮殿には一週間後に行くことになった。

ディロイさんたちとは一度お別れ。海龍王様には私が料理を作ることや毒食材を扱《あつか》うことなど、事前に話を通してくれるそうだ。

海亜人の皆さんを見送ると、すぐ気合いが漲《みなぎ》ってきた。

「私も急いで準備しなくちゃ……」

自然と呟《つぶや》きの声が出ると、ロールちゃんが勢いよく拳《こぶし》を突《つ》き上げた。

「みんなでレベッカをサポートしましょー！」

「『おおー！』」

まずはレシピの考案や食材の用意。海に詳しいライアンさんやマドレーヌさんの助けも借りて、海龍王様でも食べたことがないであろうお料理ができた。何度か試作も重ねて準備は万全《ばんぜん》。

泳ぎの練習もラストスパートで進めた結果、けのびがちゃんとできるようになれた。海底宮殿はその名の通り海底にあるので、キャンデさん曰《いわ》くけのびだけできれば十分だろうということだ。

諸々の準備をしていると一週間は瞬《また》く間《ま》に過ぎ、とうとう海底宮殿に行く日が訪れた。

海底宮殿に行くのは、私たち〝カフェ・アンチドート〟メンバーの四人だ。マドレーヌさんとメーヴェくん、ライアンさんも最後のお見送りに来てくれた。

そんな私たちは今、人気の無いビーチの一角にいる。案内してくれるのはマーマンのディロイさんと人魚のビビアンさんで、二人は丁寧《ていねい》に頭を下げて話す。

『レベッカ殿、依頼を引き受けてくれて誠《まこと》にありがとう。改めて深く感謝申し上げる。海龍王様からも、人間が調理することの許可をいただけた。だが、やはり辛辣《しんらつ》なご様子だった。力不足で申し訳ない』

『海龍王様は人間があまり好きではないけど、きっと歓迎してくれると思うわ。こんな言い方になってしまってごめんなさいね』

そう話す彼らを責めることなどできない。傍らのネッちゃん、ロールちゃん、キャンデさんを見ると、みんなも切なげな笑《え》みを浮《う》かべていた。

「いえ、気にしないでください。むしろ、私を選んでいただけて大変光栄です」

ディロイさんとビビアンさんは安心したように微笑み合うと、事前に聞いていた通り私たち四人に綺麗な首飾りをくれた。

〈素潜《すもぐ》りチョーカー〉という特別な魔導具で、これをつけると海に潜《もぐ》っても普通に呼吸できて服も濡《ぬ》れないという優《すぐ》れものだった。首にぴったりフィットするから安心できる。

泳ぐスピードは何倍もパワーアップするらしく、深い場所にある海底宮殿にも三十分くらいで到着《とうちゃく》できてしまうそうだ。周囲の状況も見えるし、水圧の影響《えいきょう》も受けないとのこと。

調理道具や大事な食材はシーサイドタウンで買った防水加工の箱にしまってあるけど、このチョーカーを身につけた人が触っていれば濡れないと聞き安心した。

〈素潜りチョーカー〉を首につけて、軽く体操をして準備は完了。

『では、私たちに付いてきてくれ』

『ゆっくり行くから安心してね』

「『はいっ』」

砂浜《すなはま》を進む私たちを、マドレーヌさん、メーヴェくん、ライアンさんが元気に見送ってくれる。

「気をつけてね、みんな！　ヴィラのことは考えなくていいから！」

『ぜひ、楽しんできてほしいであります！』

「帰ってくるのは百年後……とかはやめてくれよな！」

三人に手を振《ふ》りながら、私たちも笑顔で応える。

「『行ってきまーす！』」

『お土産《みやげ》期待しててニャ！』

「すぐ戻る」

ディロイさんとビビアンさんに続き、〝カフェ・アンチドート〟のメンバーは海へと足を踏《ふ》み入れる。

海龍王様においしい料理をお作りするため……。

【第十章：〝海底宮殿のフルコース〟】

海に潜ってから、私たちは海底へと泳ぎ続けていた。けのびの練習が功を奏して、慌てたりすることもない。

前からディロイさん、私たち〝カフェ・アンチドート〟のメンバー、そして最後尾《さいこうび》はビアンさんだ。海亜人の二人が前と後ろにいてくれるので、安心して泳げる。でも、ネッちゃんは私の首に掴《つか》まりながら、小さくふるふると震《ふる》えていた。

『海の中は怖いニャよ……』

「大丈夫《だいじょうぶ》、しっかり掴まっててね」

安心できるといっても、海の中は果てしなくて端《はし》っこが見えない。気を抜いたらどちらが上で下なのか、方向感覚さえわからなくなってしまいそうだ。

潜った直後はカラフルなお魚が泳いでいたり、綺麗《きれい》な珊瑚《さんご》が生えていたりと目を楽しませてくれたけど、潜るにつれて水しかない殺風景な景色となった。

どこまでも続く深い青色の世界。

こんな広大な世界に自分一人だけだったら、ネッちゃんと同じように怖くて震えていただろう。ロールちゃんとキャンデさんは大丈夫かなと思い、横を泳ぐ二人を見る。

「沈没船《ちんぼっせん》とか沈《しず》んでないかな～……海賊船《かいぞくせん》でもいいんだけど……。こんなに深いところまで潜れるチャンスなんて二度とないよ」

「おっ、あの魔物は〈帝王《ていおう》イカ〉じゃないか。海底宮殿に向かう用事がなければ、ぜひ討《とう》伐《ばつ》したいところだ」

やはりとは思ったけど、まったく問題なさそうだ。さすがの二人だね。ロールちゃんに至っては目がギラギラと血走っているし。私たちを食べようとするおっかない海魔物も逃げ出しそう。

実際のところ、何度か大型の海洋生物や海魔物が近づいてきたけど、ディロイさんとビビアンさんが追い払《はら》ってくれた。

その後しばらく泳ぎ、周囲に少しずつ山が現れ始めた。海山だ。地上の山に比べてもずっと大きくて、山肌《やまはだ》もゴツゴツと力強い印象のものが多い。海の山々も噴火《ふんか》することがあるのかな……などと考えながら山脈を抜けると、広大な平地が現れた。

中央には遠目からでも巨大《きょだい》だとわかる、大変に立派な宮殿が構える。屋根や壁《かべ》などは鋭《えい》角《かく》なデザインで、裁判所みたいな厳格な雰囲気も感じられた。きっと、あれが海底宮殿だ。

さらに不思議なことに、建物全体が煌々《こうこう》と白く光っている。周りに山しかない風景の中で一際際立っており、端的《たんてき》に言うとすごい綺麗……。

私たちが何か言う前に、ロールちゃんが海底宮殿にも負けないくらいのキランキランの笑顔で叫んだ。

「なんか光ってる！」

きっと、ロールちゃんには宝石や財宝の塊《かたまり》に見えているんだろうね。とはいえ、私もワクワクと気分が高揚《こうよう》する。

近くに見えるけど遠いらしく、泳いでもなかなか近づかない。そんな私たちに、ディロイさんとビビアンさんが最後の励ましをくれる。

『みな、あれが海底宮殿だ。あと少しで着くから頑張ってくれたまえ』

『三十分も泳いで大変だったでしょう。でも、もうすぐよ』

まだそれだけしか経《た》っていないんだ。詳しい水深はわからないものの、ここは相当深いことはわかる。

意外にも、身体はそこまで疲《つか》れていない。練習の成果もあるだろうけど、〈素潜りチョーカー〉の効力は想像以上に強かったらしい。

片手でネッちゃんを押さえながら泳ぎ続け、私たちはとうとう海底宮殿の前に降り立った。近くで見ると一段とすごい迫力《はくりょく》だ。

三階建ての高さはおよそ十五メートルはあり、横幅《よこはば》は三〇〇メートルくらいもありそう。

建物前には広場が設置され、美しい珊瑚などが飾《かざ》られている。

みんな（特にロールちゃん）で「ほぁぁ〜」と圧倒《あっとう》されていたら、ディロイさんがビビアンさんと並んで説明をしてくれた。

『さて、長旅ご苦労だった。先ほども伝えた通り、ここが海底宮殿だ。働いているのはほとんどが〝海龍人族〟で、彼らにも話を通してある』

『中は空気で満たされているから、地上と同じように動けるはずよ。宮殿全体が空気の膜《まく》で覆《おお》われているの』

「『……膜？』」

ビビアンさんに言われ、建物をよく見る。近くに来て初めてわかったけど、たしかに海底宮殿はぷくっとした大きな泡《あわ》で覆われていた。

膜について、ディロイさんの追加説明。

『海龍王様は静かな空間がお好きで、空気の膜で周囲の環境《かんきょう》と区切っているのだ』

「『なるほど（ニヤ）……』」

海龍王様は静かなのがお好き……重要な情報だ。

膜に当たるぷにゅっとした感触《かんしょく》を覚えた後、海底宮殿に足を踏み入れた。広場を抜け建物の中に入ると、外から見るより大きな空間に圧倒される。

天井《てんじょう》は高く開放感にあふれ、廊下《ろうか》の端には重厚《じゅうこう》な海龍人族の像が立ち並ぶ。フリーデン王国にも負けないどころか、地上の世界より豪奢《ごうしゃ》なんじゃなかろうか。

歩を進めながら、周囲にいる〝海龍人族〟の人たちがこちらを見てひそひそと話すのが見える。小声なのでよく聞こえないけど、表情や態度から歓迎《かんげい》されてはいないのだとわかった。話を通してくれたといっても、人間への印象は悪いんだろう。

そんな中、ロールちゃんは煌《きら》びやかな装飾《そうしょく》を見ては感嘆《かんたん》として呟く。

「黄金の柱にダイヤが嵌め込《こ》まれている～……シャンデリアも壁も金ピカ～……来てよかった～、頼《たの》めばお土産にくれるかもしれないし～」

「ロールちゃん、静かにっ」

『誤解されるニャッ』

「〝海龍人族〟たちの態度がわからないのかっ」

みんなで平常通りのロールちゃんを窘《たしな》め、歩くことおよそ十分。私たちは重厚な青色の扉《とびら》の前で止まった。両脇《りょうわき》には衛兵と思《おぼ》しき〝海龍人族〟が怪訝《けげん》そうな顔で控《ひか》え、こっちを振り向いたディロイさんとビビアンさんの真剣な表情からも、ここが海龍王様のお部屋なのだとわかる。

『海龍王様はこの先の〝龍王の間〟にいらっしゃる』

『威厳《いげん》のある方だから怖いかもしれないけど大丈夫よ』

二人に言われ、心臓が高鳴る。

いよいよ、海龍王様にお会いするときが来たのだ……！

衛兵が渋々《しぶしぶ》としながらも扉を開けてくれ、〝龍王の間〟に入室する。煌びやかな廊下とは異なり、室内のタペストリーや絨毯《じゅうたん》などはどれも藍色《あいいろ》がメインの落ち着いた装飾だった。黄金の輝《かがや》きから解放され、ロールちゃんのテンションも元に戻っていく。

部屋の奥《おく》には十段くらいの階段があり、その上にはこれまた藍色の立派な玉座が鎮座《ちんざ》する。そして、そこに座《すわ》るのは……中性的な顔つきの男性だった。

広大な海を思わせる鮮《あざ》やかな青色の髪《かみ》と瞳《ひとみ》。一見すると人間と変わらない見た目なのだけど、耳の部分が魚のヒレみたいになっていて、亜人であることがわかる。

玉座に座っていることや、両脇にいる付き人と思われる〝海龍人族〟、何よりも海そのものを目の前にしているような威圧《いあつ》感が海龍王様であることを示していた。

ディロイさんとビビアンさんに続いて静かに進み、二人が跪《ひざまず》くと同時に私たち〝カフェ・アンチドート〟のメンバー四人も膝《ひざ》を折った。

しんとした静かな空間に、ディロイさんの言葉が響《ひび》く。

『海龍王様、失礼いたします。こちらが以前お話しした地上の料理人レベッカ殿《どの》と、そのお仲間でございます。レベッカ殿は類《たぐ》い希《まれ》な食事を作れる超一流《ちょういちりゅう》のシェフです。私どもも実際に食べ、そのおいしさに感動いたしました』

ディロイさんのお話を聞いても、海龍王様は何も話さない。ただただ見定めるような、ある種の冷たさを感じる目で私たちを見るばかりだ。視線を向けられているだけなのに、重い水圧が全身を押し潰《つぶ》すような圧迫感《あっぱくかん》……。

緊張や不安で喉がカラカラに渇《かわ》いてきたとき、海龍王様は付き人さんの耳元で何かを囁《ささや》いた。海龍王様の代わりに、付き人さんが話す。

『……朕《ちん》は汝《なんじ》らを歓迎しない。今回はマーマンや人魚たちの推薦《すいせん》を受けたため、特別にこの場に足を踏み入れることを許可した』

付き人さんの話に、私は深く頭を下げる。チラッ……と隣《となり》を見ると、ロールちゃんやキャンデさんも首を垂れてくれていた。ネッちゃんはずっと前足に頭をつけている。

どうやら、海龍王様は人間と直接話す気すらないらしい。人間嫌《ぎら》いとは聞いていたけど予想以上だ。海底宮殿に入れてくれただけでも感謝しなければ。

ディロイさんからは許可があるまで話してはダメだ、と聞いており、私たちは黙ったまま綺麗な床《ゆか》を見つめる。

ほんの少しの沈黙《ちんもく》の後、淡々《たんたん》とした付き人さんの声が頭上から降ってきた。

『期待はしていない。だが、朕も地上の食事を取るのは極《きわ》めて久方ぶりである。汝が扱う毒食材も朕は食べたことがない。よって、食事を作ることも許可する』

海龍王様（付き人さんだけど）に言われ、静かにホッとひと息つく。ディロイさんからはすでに伝えられていたけど、『やっぱりやめた』と言われないか少し不安があったのだ。

隣のロールちゃんたちからも安堵《あんど》のため息が聞こえた。

落ち着く私たちに対して、さらに続けて付き人さんが話す。

『朕は大食堂にて待っている。キッチンは大食堂のすぐ隣だ。静かに調理するように』

もう下がってよいと言われ、私たちは挨拶さえすることなく〝龍王の間〟を後にする。

そのまま、ディロイさんとビビアンさんがキッチンに案内してくれた。ドアから出るとすぐ大食堂が見えるので、たしかに物理的距離《きょり》が近い。

キッチンは地上のヴィラにも負けないほど立派な設備が整っており、じわじわと上がりそうなテンションを押さえる。今回は絶対に静かに作らなければまずいからね。

そんな私の耳に聞こえるは、男女二人の声。

『陰《かげ》ながら、我々も応援している』

『おいしい料理を作って海龍王様を笑顔にしてあげて』

頑張りますと答え、海亜人の二人が出て行き、キッチンには〝カフェ・アンチドート〟のメンバーだけとなる。

意外にも、見張りの人はいない。海龍王様は非常に嗅覚《きゅうかく》や味覚に優れているそうで、食事に毒でも入っていたらすぐにわかるからだそうだ。

道具や食材の準備が終わり、深呼吸して気持ちを整える私にロールちゃん、ネッちゃん、キャンデさんが励ましの言葉をかけてくれる。

「レベッカなら絶対にうまくいくよ。ただ、気をつけてほしいけど静かにね」

『大事なのはいつも通り作ることニャ。ただ、静かにするんニャよ』

「お前ならできる。私が保証する。ただ、静かに作れ」

みんなやたらと静かにしろ、と言う。おまけに心配そうな顔だ。そんなに言われなくてもわかっているのに。

彼女《かのじょ》たちの不安を吹《ふ》き飛ばすように、私は笑顔で答えた。

「大丈夫。いつだって、私は静かに調理してきたから」

……海龍王様においしい料理を作る。

静かにね！

「準備は万全！　それでは、始めましょうかぁ！　いよいよ、この瞬間が来ましたねぇ！」

『静かにっ！』」

海底宮殿で料理ができるなんてそうそうない。これはテンションが上がってしまいますよぉ！

「最初に調理するのはなんと……珊瑚！　一、二、珊瑚！　はい、ご一緒《いっしょ》に！」

『結局こうなるのか（ニヤ）……』」

「ご一緒に!!」

『一、二、珊瑚……』」

調理台に用意したのは、〈毒魔珊瑚《まさんご》〉。深い紫色《むらさきいろ》がアメジストみたいに綺麗だけど、触《さわ》るだけで皮ふがただれてしまう。もちろん、毒消ししてあるので無問題。

一般的《いっぱんてき》に、珊瑚は食用ではない。でも、この〈毒魔珊瑚〉は違《ちが》う。お酒で蒸《む》すことで体が柔《やわ》らかくなり、食べられるようになるのだ！

昔、馴染《なじ》みのお店からおまけで貰《もら》ったことがある。捨ててしまうのはいやだったし、どうにかして食べられないかとあれこれ試《ため》した結果、お酒で蒸す方法が一番良いと判明した。

「それはまるで、シフォンケーキみたいな食感と味わい！」

「レベッカ、心の声が漏《も》れてるよ！」

『二人とも静かにするニャ！』

「三人ともだ！」

〈毒魔珊瑚〉をぽきりぽきりと手頃《てごろ》な大きさに折って、フライパンにイン。地上から持ってきた白ワインをたっぷり注いで、ふやけるまでしばらく蒸す。

追加で出すのは、いくつかの果物。

味付けは季節のフルーツだ。これを擂《す》り潰してソースにする所存。〈ポイジーチェリー〉と〈サンレモン〉。ともに、キャンデさんが遠くの山まで走って見つけてきてくれた。

〈ポイジーチェリー〉は果汁《かじゅう》に強力な痺《しび》れ毒を持ち、〈サンレモン〉は食べるといつも太陽に当たっているような熱が出てしまう。

サクランボとレモンなので、さっぱり爽《さわ》やかな甘酸《あまず》っぱい味わいとなるでしょう。お鍋《なべ》で温めながら混ぜたら、少し空気に当てて酸味をマイルドにする。

次に作るのは……この料理だ！

「はい、来ました！　みんな大好きフライだよ～！　定番の料理だけど使う食材は……クラゲにヒトデ、イソギンチャク～！　珍しいでしょ～、みんなも食べたことはないんじゃない～？」

「食べたことないから静かにしてっ」

『珍しいのはわかったから静かにニャッ』

「自分の心の内にしまっておいてくれっ」

さっきからみんなは何を言っているんだろうね。不思議だ……。

天ぷらを揚《あ》げる〈ポイズンオリーブ〉の油は、すでに熱しておいたので熱々だ。毒食材の下準備を終え、〈トキシン小麦〉とこれまたキャンデさんがゲットしてくれた珍しい卵、〈激龍卵《りゅうらん》〉を混ぜて衣《ころも》を作る。くるりとつけるのは、三つの海に住む毒食材たち。

「〈トキシンジェリー〉、〈テトラヒトデ〉、〈雷鼓《かみなりつづみ》シーアネモネ〉ー！　出番が来たよ！　君たちの！　今は舞台袖《ぶたいそで》だけど、これから本番だからね〜！」

「ある意味これがもう本番かも」

『その通りニャ』

「まさしく」

〈トキシンジェリー〉は紫《むらさき》と赤の斑《ふ》模様が素敵《すてき》なクラゲ。毒により触手《しょくしゅ》に触っただけで数週間も昏睡《こんすい》してしまうけど、コリコリの身が美味絢爛《けんらん》。脂肪《しぼう》も少なくてヘルシーな食材なり。

〈テトラヒトデ〉は普通《ふつう》の物より小さいものの、毒は強し。一度指に巻きつかれでもしたら、少しずつ腐《くさ》り落ちてしまう。だけど、引き締《し》まった身体は弾力《だんりょく》があって歯ごたえ抜群《ばつぐん》。

ミネラルがギュッと詰《つ》まった濃厚《のうこう》な味わいも素晴《すば》らしい。

〈雷鼓シーアネモネ〉とは……そう、イソギンチャクのこと！　その名の通り食べると落《らく》雷《らい》を喰《く》らったかのような衝撃《しょうげき》を受けるけど、カラッと揚げるとカリカリに食べられる。これもミネラル豊富でヘルシー食材。揚げた後は油取り紙に載せて、しばし余計な油を取る。

メインディッシュを作る前に、とある理由で飲み物を先に用意する。

「次に作るのは、おいしいフルーツジュース！　〈業火トマト〉と普通のオレンジをたっぷり使ったおいしいジュース！　赤と黄色の美しいジュース！　……聞こえてますかぁ～？」

「聞こえてるから！」

『そんなに騒《さわ》がなくても聞こえてるニャ！』

「同じ空間にいるんだぞ！」

何度も使った〈業火トマト〉と、キャンデさんの思い出のオレンジ。トマトの濃厚な味わいと、オレンジのフレッシュな爽やかさが詰まったジュースだ。疲れを癒《い》やす効果もあるし、赤と黄色のマーブルな見た目も美しいね。

さて、そろそろメインの料理だ。取り出すは、とっておきの魚の切り身。真っ赤なお肉が非常に綺麗。

「これは〈海千マグロ〉ー！　世界中の海を駆《か》け巡《めぐ》るマグロー！　背中に乗せてもらったら、大海原《おおうなばら》も簡単に泳げるよー！」

「『溺《おぼ》れる（ニャ）！』」

身体も大きくて生き物としても超強《ちょうつよ》い、海千山千のマグロ。ヒレの先にある毒で、敵の呼吸を止めてしまうのだ。いつも高速で泳いでいるので身は濃厚で、まさに今が旬《しゅん》。切り身はでかく、豪勢《ごうせい》に使いましょう！

他の料理はフルーツソースだったり揚げ物だったりとしっかりした味なので、塩コショウでシンプルに味付ける。

そして、ここからが一番重要な仕上げだ。白ワインを大さじ三杯《ばい》くらい加えて、フライパンの端っこから丁寧に火を入れたら……マグロが炎《ほのお》に包まれた！

「フランべだぁー！」

「『おおー、綺麗（ニャ）ー！』」

ワインに火が移って、〈海千マグロ〉が緩《ゆる》やかな炎に包まれる。

綺麗だ……。炎を眺《なが》めながら、全てのメニューが完成して徐々《じょじょ》にテンションが元に戻《もど》るのを感じるね。

……またやってしまったか……。心なしか、大食堂から伝わる雰囲気《ふんいき》がヤバいような……。

何はともあれ、お料理ができた。今回はたくさん作ったので、運ぶにはみんなの力が必要そうだ。

「申し訳ないけど、量が多いから二人とも運ぶの手伝ってくれる？」

「『もちのろん（ニャ）』」

「私も手伝おう」

みんなで手分けして料理を持つ。

海龍王様……喜んでくださるといいな……。

ネッちゃんやロールちゃん、キャンデさんと一緒にお料理を持ち、大食堂に向かう。

入り口では海龍王様の付き人さんが顔を引き攣《つ》らせて待っており、静かに……だけどどこか乱暴に扉を開く。

中に入るや否《いな》や、私たち〝カフェ・アンチドート〟のメンバーはみな感嘆の声を漏らす。

室内は縦横二十メートルくらいの広さで、天井からは豪奢なシャンデリアが明るく照らしていた。壁には優雅で美しい深海の絵が何枚も飾られ、藍色のテーブルクロスが海感を一層強くするね。

テーブルは横長の長方形で、なんとも偉そうな〝海龍人族〟たちがずらりと座っている。

ど、どうして、こんなに……と思ったとき、その理由がわかった。

……そうだ、これは海龍王様への献上品《けんじょうひん》をお渡《わた》しする大事な儀式《ぎしき》。こんなに人がいてもおかしくない。

海龍王様はというと、ちょうど真ん中に座っていた。先ほど〝龍王の間〟でお会いしたときより、眉間《みけん》には皺《しわ》が寄って頬《ほお》はピクピクと動いている……。

壁際にはディロイさんにビビアンさん、カッセルさんやブーケちゃんにコロちゃんもいて、五人ともぽかんとした顔で私を見ていた。まるで、私の暴れ料理を初めて見聞きしたかのように……。

……そうか、ヴィラに来たときは変身の魔導具《まどうぐ》が辛くて、私の調理について把握《はあく》できていなかったんだ……！

唖然《あぜん》とした五人からも、今回の調理は一際騒々《そうぞう》しかったのだと容易に想像ついた。すでに絶体絶命の状況《じょうきょう》にしてしまったけど、まだ諦《あきら》めちゃダメだ。

気を取り直して、少しでも静かに丁寧に料理を海龍王様の前に置く。

「……お待たせしました。〝海底宮殿のフルコース〟でございます」

すかさず、海龍王様は付き人さんに耳打ちし、付き人さん経由できつい一言が放たれる。

『凄《すさ》まじくうるさい。周囲の海底火山が噴火したのかと思ったぞ』

「……誠に申し訳ございません」

……最悪だ。

あれほど海龍王《かいりゅうおう》様は静かな環境が好きだと聞いていたのに……。宮殿自体を泡で囲むくらいなのだから相当なものだ。わかっていたはずなのに……。

一番重要な食事を提供する前に、評価がぐんぐんと下がってしまった。これはものすごいディスアドバンテージだ。

心の中でみんなに謝罪をしては後悔《こうかい》する中、海龍王様はお料理全体をジッと眺める。海底宮殿に訪《おとず》れた私たちを品定めしたときと同じ視線で。

何時間にも思えるほど重い沈黙の後、付き人さんが至極淡々《しごくたんたん》と告げた。

『こんな料理は見たこともない。初めて感じる匂《にお》いも独特で食べる気がしない。却下《きゃっか》だ。地上の食事を食べたいと思った朕が愚《おろ》かだった』

「そ、そんな……」

告げられたのは、酷《ひど》く厳しいお言葉だった。海龍王様は席を立ち、付き人さんを引き連れ大食堂の出口に向かう。

大事な儀式で騒いだ上に、満足させられる料理を作れなかった。

その事実を突きつけられ、私の心は重く暗くなっていく。フランベの炎もしゅんっと消えてしまった。

もう見送るしかないのかと背中を見つめていたら……キャンデさんが海龍王様の前に立ちはだかった。

「ちょっと待ってくれ」

大食堂に何度も聞いた頼《たよ》りがいのある声が響いた。

相も変わらず、海龍王様は付き人さんを介《かい》して話す。

『そこをどけ、人間よ。朕は急がしい。くだらん戯《ざ》れ言に付き合っている暇《ひま》はないのだ』

キャンデさんの話を、海龍王様は一蹴《いっしゅう》した。それでも話が終わることはなく、キャンデさんの言葉が続く。

「くだらん戯れ言などではない。そこにいるレベッカは誰《だれ》よりも真剣《しんけん》に料理に、食に向き合っている。この私が保証する」

『貴様如《ごと》きが保証したからなんだというのだ。朕が人間の話など聞くと思うか』

海龍王様の顔は見えないけど、付き人さんの声音《こわね》から強い憤《いきどお》りを感じた。〝龍王の間〟とは比べものにならないほどの重い沈黙に、少しずつ息苦しくなり胸が痛くなる。心臓がドキドキと壊《こわ》れそうなほど拍動《はくどう》し、じんわりと額に汗《あせ》が滲《にじ》んだ。心なしか、喉《のど》や全身が締《し》め付けられるような感覚まで覚える。

誰も何も話さず、もう倒《たお》れてしまいそうになったとき、私を支えてくれたのはキャンデさんの声だった。

「レベッカは私のために、六年もの昔の料理を必死に再現してくれた。私の細かい要望を聞いて、何度も何度も……それこそ数十回近くも作り直してくれた。そして、作った料理は必ず残さずに全て食べてくれた。同じ料理を何度もだぞ？ 〝海龍人族〟でもその苦労はわかるはずだ」

海龍王様は佇んだまま動かない。なおも、キャンデさんは話を続けてくれる。

「彼女ほど食べる者のことを真剣に考える料理人を私は知らない。その料理にはレベッカの愛が想《おも》いが……たくさん詰まっている。だから、どうか………食べてみてほしい」

そこで言葉は止まった。

こんな風に私のことを思ってくれていたなんて……。

優《やさ》しい言葉の数々に、私は涙《なみだ》が出そうだった。

海龍王様はしばし佇んでから無言で席に戻ると、静かに食器を手に持つ。そのまま、何も話さず食事を進める。食器が扱われる小さな音が、大食堂に控えめに響き始めた。

おいしいと評されるだろうか……。

緊張《きんちょう》や不安で震える中、キャンデさんがそっと私の手を握《にぎ》ってくれる。力強くて優しい、

お姉さんの手だった。何も言われなくても、その笑顔を見て、手を触《ふ》れているだけで安心できた。

海龍王様のお食事は静粛《せいしゅく》に進み、お料理は欠片《かけら》も残さず食べてくれた。食器がテーブルに置かれ、ふぅっ……というため息が出る。

とうとう、自分の作った料理に対する評価が下されるのだ。おいしいと言ってくださるように、心の中で必死に祈《いの》る。

海龍王様はそんな私の方を見ると、たった一言だけ述べた。

『…………美味なり』

初めて、海龍王様の声を聞くことができた。

「あ、ありがとうございます。恐悦至極《きょうえつしごく》に存じます」

威厳の漂《ただよ》うお褒《ほ》めのお言葉に緊張して答える。中性的な見た目に反して、そのお声はとても重厚だ。聞いているだけで身が引き締まる。

ドキドキする私に、海龍王様は至って落ち着いた様子で話した。

『レベッカ嬢《じょう》、君の作った料理は非常に独創的で素晴らしかった。この料理を食べて、朕は珊瑚が食べられると初めて知った。フルーツソースも美味だ』

「恐縮《きょうしゅく》です。〈毒魔珊瑚〉という、珊瑚の中で唯一《ゆいいつ》食べられる種族です。お酒で蒸すことで、身体が柔らかくなって食べられます」

『……なるほど、そのような調理法があるのか。酒を料理に使うなど想像もしなかったな』

海龍王様は感心した様子で話す。

ディロイさんたちから聞いた通りだった。〝海龍人族〟の中で、お酒は飲むことでその神聖な力を得られる存在だ。海底という環境ではお酒の製造も難しく、誰かの結婚式《けっこんしき》などの祝い事でしか飲まないらしい。

だから、料理に使ったら珍《めずら》しく感じてくれるのでは……と、考えたのだ。

海龍王様はなおも感心した表情でお話ししてくれる。

『酒といえば、炎に包まれたステーキがあったな。朕が思うに、あの料理も酒を使ったと思うがいかがか？』

「仰《おつしや》る通り、お酒を使ったフランベという調理法です。お酒を食材の表面にかけて火をつけると、あのように美しく燃えるんです。地上ではよく使われます。今回は〈海千マグロ〉というマグロを、フランベいたしました」

『……あの炎は大変に美しかった。もちろん、マグロも肉厚で濃厚で極めてうまかった。まさか、燃える料理が出てくるとは思わなかったがな』

海龍王様は微笑《ほほえ》みを浮かべる。その笑顔を見て、私は海底宮殿《きゆうでん》に来てから初めて安心できたような気がした。

その後も、料理についてのありがたい感想をいただけた。〈トキシンジェリー〉や〈テトラヒトデ〉、〈雷鼓シーアネモネ〉のフライは、毒食材ということもありどれも食べた経験がなかったそうだ。衣のサクサク感と、食材のコリコリした食感がおいしかったとのこと。

トマトとオレンジのジュースも、食後にさっぱりできて爽快感《そうかい》にあふれたと言ってくれた。

ひとしきり料理への感想を述べてくれたところで、海龍王様はさて……と真面目な表情に変わる。これから大事な話が始まるのだと感じられ、私も自然と背筋を伸《の》ばした。

『レベッカ嬢よ、不躾《ぶしつけ》な態度を取って悪かったな。遠い地上から来たのに、朕もよくない態度を取ってしまった』

「い、いえ、どうかお気になさらず……！」

わずかに頭を下げる海龍王様に、私は慌《あわ》てて答える。元々、人間などが話せるような亜《あ》人《じん》じゃないのだ。そんな私に、変わらず重厚な声が届く。

『君も知っているだろうが、朕は人間があまり好きではない。人間は……生き物を粗末《そまつ》にする者が多いからな。食べるために殺すのは仕方がない。朕らもそうだ。だが、食べる必要もないのに殺してしまう輩《やから》が多いのだ』

海龍王様の言葉は、静寂《せいじゃく》な大食堂に淡々と響いた。付き人さんや大臣、ディロイさんたちは、静かに下を向く。彼《かれ》らの様子を見ると、数週間前の出来事……釣《つ》った魚を捨てていた若者グループが思い出された。

あの三人もまた、海龍王様の話す通りのことをしていた。釣ったけどいらない小さい魚を砂浜に捨てる……。まさしく、魚にとっては無駄死《むだじ》にだ。

いたたまれなくなり、人間を代表して謝罪する。

「申し訳ございません、私たち人間が大事な命を無駄《むだ》にしてきてしまって……」

『……レベッカ嬢、君が謝《あやま》る必要はない。君に会えて、朕は人間に対する気持ちを改めることができた。ディロイから聞いたが、君は魚を捨てた釣り人《びと》に注意してくれたそうだな。食べられずただ朽《く》ち果てる運命だった魚たちの代わりに礼を言わせてほしい。ありがとう』

「海龍王様……」

ディロイさんたちをチラッと見ると、優しく微笑んでくれた。きっとあのやり取りも、海から見ていてくれたのかもしれない。

海龍王様は椅子《いす》から立ち上がると、右手をそっと出した。

『願わくは、毎日でも君の素晴らしい料理を食したい。だが、そういうわけにもいかん。

だから、また機会があったら……ぜひ作りに来てほしい』

「……はい！　喜んで作らせていただきます！」

私も握り返し、固く握手《あくしゅ》する。人間より体温が低いのか少しひんやりしていたけど、とても温かくて優しい手だった。

大食堂が割れんばかりの拍手《はくしゅ》で包まれる中、海龍王様はディロイさんたちを褒める。

『ディロイたちもありがとう。君たちのおかげで素晴らしい料理、そして素晴らしい人間たちに出会うことができた』

『『海龍王様……！　ありがたき幸せ……！』』

『さあ、地上からの大事な客人を迎《むか》えよう！　宴《うたげ》の準備だ！』

海龍王様の掛《か》け声で、人々は慌ただしく動き出す。人混みを縫《ぬ》うように、ディロイさんたち五人がこっちに来た。

『ありがとう、レベッカ殿！　貴殿《きでん》のおかげで海龍王様にもご満足いただけた！』

『やっぱり、あなたに頼んで正解だったわ！　本当にありがとう！』

『俺《おれ》、感動したよ！』

『本当に……最高……』

『あたし、もう泣いちゃいそうだよ～』

私の手を握りながら感謝してくれ、ネッちゃんたち〝カフェ・アンチドート〟のメンバーも私を讃《たた》えてくれた。

『さすがはレベッカニャ！』

「海龍王様にも褒められた人間なんて、他にいないんじゃない⁉」

「まさしく、地上最強の料理人だな」

みんなもありがとう……。

どうなることかと思ったけど、無事海龍王様にも喜んでいただけて、〝献上《けんじょう》の儀《ぎ》〟は大成功で終わった。

【第十一章：またいつの日か】

赤や青、緑など美しいヒレを持った踊《おど》り子たちの、目を奪《うば》われるような美しい舞《まい》が終わり、大広間は静寂に包まれた。

一瞬《いっしゅん》の沈黙の後、私たち四人や周りの〝海龍人族〟、そして海龍王様は拍手喝采《はくしゅかっさい》を贈《おく》る。

「『……綺麗《きれい》（ニャ）～！』」

海龍王様にお食事を振《ふ》る舞《ま》ってから二日後。

正式な客人として迎えられた私たちは連日、海底宮殿での素晴らしいおもてなしを受けていた。今みたいな可愛《かわい》い踊り子たちの踊りの他に、珍しい深海生物が住む海底のお散歩、宮殿でのおいしい料理の振る舞い……。

そのどれもが地上にいたら絶対に経験できないような、筆舌《ひつぜつ》に尽《つ》くしがたいことばかりだ。ちなみに、海底のお散歩では、ここでもロールちゃんが財宝を見つけようと血眼《ちまなこ》になって探していた。

「こんなに深ければ絶対にあるはずだから！」

とのことだった。

私は料理人でもあるからか、特にお料理が印象に残った。チョウチンアンコウの煮物《にもの》や乾燥《かんそう》ナマコ、ダイオウイカのお刺身《さしみ》……。深海生物なんて、それこそ海底にでもいないとなかなか食べられない。〝海龍人族〟のシェフはやっぱり料理が上手で私はどれもおいしかったけど、キャンデさんは「レベッカの料理には負けるがな」と言ってくれた。

踊りの後は、海龍王様が宮殿の大きな美術室に案内してくれる。大広間や大食堂よりずっと広くて天井も高く、見るからに貴重そうな古い大理石の像や美しい海の絵が飾られていた。中には、海賊船《かいぞくせん》の船首に鎮座するような立派な女神像《めがみぞう》まである。

『ここには海底で収集された貴重な資料や、我が〝海龍人族〟の歴史が保管されている。どれも、人間に見せるのは初めてだ』

「そんな大切な美術品ばかりなんですね……。見せてくださりありがとうございます」

『素晴らしいですニャ』

「これは見事じゃないか」

私たち三人が圧倒されている中、ロールちゃんだけは目をギラギラ光らせて眺めていた。

「どれも高そうな物ばかりだなぁ……。売ったらいくらになるんだろう……」

「『ロール（ちゃん）！』」

あっという間に夜を迎え、私たちは寝室《しんしつ》に戻る。この部屋は宮殿の端《はし》っこから飛び出すような形をしており、天井は大きなガラス張り。ベッドに横たわるだけで見渡《みわた》す限りの広大な海が見えて、本当に素晴らしい景色だった。

ロールちゃんとキャンデさんは疲《つか》れていたのか、横になると少しお喋《しゃべ》りするだけで眠《ねむ》ってしまった。

私も横になると、傍《かたわ》らのネッちゃんが眠そうに話す。

『海底宮殿に来て……よかったニャね……』

「うん、楽しかったね」

いよいよ明日、私たちは地上に帰る。

頭上に広がる海には、星の代わりに無数の輝く深海生物が瞬《またた》いていた。

□□□

『……では、レベッカ嬢、そしてその友人たちよ。来てくれて本当にありがとう』

「こちらこそ、素晴らしいおもてなしのほどありがとうございました。この三日間の出来事は、一生忘れません」

海龍王様のお言葉に、私は姿勢を正して答える。

翌日を迎え、地上に帰る日がやってきた。今は海底宮殿の前に広がる大きな広場で、皆《みな》さんと最後の挨拶を交《か》わしている。

最初は緊張してしょうがなかった建物も、今となっては名残惜《なごりお》しさを感じるばかりだった。帰りはディロイさんたち、元モルレンデ家が先導してくれるとのこと。

よくしてくれた〝海龍人族〟の方々と握手を交わし終わると、付き人さんがやたらと大きく高価な物が詰まってそうな箱を、私とロールちゃんの前に置いた。なんだろうと思う私とどこか期待してそうなロールちゃんに対し、海龍王様がゆっくりと開ける。

『ささやかだが、朕からの礼だ。受け取ってくれたまえ』

まさか、この流れは……！

箱の隙間《すきま》から黄金の輝きが滲み出した瞬間《しゅんかん》、私は急いで海龍王様に断る。

「さすがに貰いすぎで……！」

「ありがとうございます！　謹《つつし》んで全て頂戴《ちょうだい》いたします！　これ以上ないほど最高のお礼でございます！　はわわ……」

わかってはいたけど、やはりロールちゃんが光の速さで受け取ってしまった。それこそタコやヒトデの如くしっかりとしがみついているので、もう引き剥《は》がすことはできない。

箱の中身は、大量の金貨や宝石に高そうな装飾品《そうしょくひん》の詰め合わせ。正真正銘《しょうしんしょうめい》、本物の宝箱だ。これだけで一生は遊んで暮らせそうな金額が入っていることだろう。

よかったね、ロールちゃん……と思っていたら、海龍王様が美しいペンダントを私に差し出した。銀色の鎖《くさり》に波がゆったりとさざめいているような、不思議な石がくっついている。

『レベッカ嬢、君には特別な贈り物を進呈《しんてい》したい。我が〝海龍人族〟に伝わる秘宝の魔導具、〈招来のアミュレット〉だ。石に溜《た》め込《こ》んだ膨大《ぼうだい》な魔力《まりょく》を消費することで、天界に住む霊《れい》をこの世に招来することができる』

「天界の霊を⁉　で、ですが、どうして、こんな貴重な物を私に……？」

その話を聞き、私は驚《おどろ》きの声を上げる。ネッちゃんとキャンデさんも強い衝撃を受けており、ロールちゃんも財宝の余韻《よいん》から戻ってきてくれた。魔導具にそれほど詳《くわ》しくない私でも、極めて価値のある魔導具だとわかった。

唖然とする私に、海龍王様は静かに話を続ける。

『君の陰には……身近な存在の死を感じる。朕はこれでも数多《あまた》の経験を積んできたから、何となく感じたのだ。母親か父親か……誰か大事な人を亡《な》くしているのではないか、と思ってな。これを使えば一度ならず再会できるだろう。不要なら言ってくれ。代わりの魔導具を進呈する』

海龍王様の話を聞き、ドキドキとした高揚《こうよう》感が胸に湧《わ》いてきた。これ以上ないほどの素晴らしいプレゼントだ。

「いえ！　最高の贈り物でございます！　これを使えば、お母さんとまた会えるかもしれません！」

『そうか、それならよかった。早く地上に帰って、大事な母君に会いなさい』

もう二度と会えないと思っていたお母さん。

この魔導具があれば、再会できるかもしれないんだ……！

ペンダントをギュッと握り締める私に、ネッちゃんとロールちゃん、キャンデさんも喜んでくれた。

『よかったニャね！　ずっと会いたいって言っていたから！』

「きっと、お母さんもレベッカに会いたいよ！」

「さっそく地上に戻ろう」

わいわいと喜ぶ私たちに注がれる海龍王様の視線は、見守るように優しかった。

荷物を整え〈素潜《すもぐ》りチョーカー〉を装備し帰宅の準備を終えると、海龍王様が最後の挨《あい》拶《さつ》をしてくれる。

『またいつでも来なさい。朕《ちん》らは心より歓迎《かんげい》する』

「『本当にありがとうございました（ニャ）！』」

元モルレンデ家の五人の海亜人に続き、地上へと泳ぐ。海底宮殿の皆さんは姿が見えなくなるまで、いつまでも手を振ってくれていた。

□□□

三十分ほど海を泳ぎ、私たちは地上に戻ってきた。人気につかないあの海辺に。空も海もほんのりと赤く、もう夕暮れだ。とても美しいサンセットなのだけど、ディロイさんたちとお別れの瞬間だと思うと物寂《ものさび》しかった。

お別れが惜《お》しくて黙《だま》ってしまっていると、ディロイさんが静かに言葉を紡《つむ》ぐ。

『レベッカ殿《どの》、改めて礼を言わせてほしい。本当にありがとう。貴殿たちに出会えてよかった』

その言葉を皮切りに、他の四人も一斉《いっせい》に私たちの周りに集まった。

『うっうっ、また遊びに来てね～。絶対よ～』

泣きながら話すのはビビアンさん。

『俺たちもすごい楽しかったぜ』

〝サメ人族〟のカッセルさんは元気よく言ってくれた。

『再会……希望……』

スキュラのブーケちゃんはそっけないけど、声は寂《さび》しそうだ。

『今度はあたしたちにも地上を案内してよね』

ウンディーネのコロちゃんは、寂しさを打ち消すような天真爛漫《てんしんらんまん》な笑顔《えがお》。

最後のお喋りが終わったところで、ディロイさんが小さな黒塗《くろぬ》りの箱を『我々からのお礼だ』とそっと私に差し出した。なんだか、開けると白い煙《けむり》が出てきて年老いてしまいそうな雰囲気があるのですが……。

「あの……これはいったい……」

『我々の家の近くに漂流《ひょうりゅう》してきた沈没船《ちんぼつせん》から見つかった、古い金貨が入っている。綺麗に磨《みが》いてあるから、すぐ売れるだろう。海の亜人が持っていても持て余すだけだから、有効活用してほしい』

「ありがとうございます……。わあ、綺麗……」

ロールちゃんが「目に毒だから」とそっぽを向く中箱を開けてみると、楕円形《だえんけい》のような不思議な形の金貨がたくさん詰まっていた。ここフリーデン王国とは形が違うから、結構昔の物か、もしくは違う地方の金貨かもしれないね。

贈り物もありがたくいただき、サンセットの海に入っていく海亜人の皆さんを見送る。

『では……また会おう！』

「『さようならー！』」

一人ずつ、静かに海に入る。コロちゃんだけはしばらく頭を出して手を振っていたけど、やがてちゃぽんっと消えてしまった。

辺りに人がいない夕暮れの海辺には静寂が訪れる。寂しさや楽しかった余韻に浸《ひた》っていると、キャンデさんがいつもと同じ力強い口調で言った。

「さて……私たちも帰るか？」

「『……はい、帰りましょう（ニャ）！』」

協力して荷物を持ち、コテージに向かう。もう観光のピークは過ぎたためか、それとも時間帯のせいか、誰にも会わなかった。特に問題なくマドレーヌさんが暮らすコテージの前に着いたのだけど、様子がおかしい。

……やけに静かだ。いつもはもっと賑《にぎ》やかな話し声が聞こえるのに……。

そう疑問に感じたとき、とある恐《おそ》ろしい可能性に気がついてしまった。

「……まさか、私たちが海底宮殿に行っている間に、何十年も時間が過ぎていたとか

「……」

呟《つぶや》くや否や、ネッちゃんたち三人の顔がさっと青ざめる。

『こ、怖《こわ》いこと言わないでほしいニャ』

「そ、そうだよ、脅《おど》かさないでよ」

「あ、あり得ないだろう、そんなことは」

ドアを開けるのが急に怖くなってしまったよ。みんなで開けたかったのになぜかぐいぐいと三人に背中を押《お》され、私が正面に立った。

「で、では、ノックしますからね」

「が、頑張《がんば》って、レベッカ」

『あ、焦《あせ》らなくていいニャ』

「お、お前ならできる」

ドキドキと鼓動《こどう》する心臓を感じながら、コンコンとノックする。

「た、ただいま帰りました、レベッカです」

……ウソ……返事がない。

これは大変なことだ。

まさか、本当に何十年も時が……と思ったとき、勢いよくドアが開かれた。

「お帰りなさい、みんな！　もう、心配でしょうがなかったわ！　ここ最近はお喋りする元気もなかったくらい！」

なんと、現れたマドレーヌさんの姿は…………少しも変わっていなかった！　海底宮殿に行ったときと同じ！

みんなで心底ホッとしていると、メーヴェくんとライアンさんも出迎《でむか》えてくれた。

『お帰りなさいであります！』

「お帰り、みんな！　ああ、よかった！　若い姿のままだ！」

三人とも変わらぬ笑顔。帰ってきたんだと実感が湧き、みんなでせーのっ、と息を合わせて言う。

「『ただいま（ニャ）！』」

勢いよくコテージに駆け込むと、すぐに楽しい宴が始まった。みんなで楽しくお喋りしているうちに、夜は静かに更《ふ》けていく。

地上に帰ってきた私たちを、懐《なつ》かしい星空が優しく包み込んでくれた。

【第十二章：〝プワゾンロブスターのあの日を思うアクアパッツァ〞】

「……ほら、レベッカ。そんなんじゃ日が暮れちゃうよ」

「で、でも……」

隣《となり》のロールちゃんに言われるも、私は未《いま》だに決心がつかなかった。

地上に帰ってきた次の日。私は今、コテージの前にいる。周りにはネッちゃん、キャンデさん、そして、マドレーヌさんにライアンさんにメーヴェくん。

みんな、〈招来のアミュレット〉で私がお母さんを招来するのを見守ってくれていた。

マドレーヌさんたち三人も、海底宮殿での話をすると「ぜひ応援《おうえん》したい」とのことだ。

でも……なかなか勇気が出ない。

失敗しちゃったら……とか、私の気持ちが弱いせいでうまくいかなかったら……とか色々と悪い想像をしてしまうのだ。本当は朝食後すぐ魔導具を使うはずが、なんだかんだ昼前になってしまった。

うまくいくかなぁ……と心配になっていたら、ネッちゃんがそっと手を握ってくれた。

『レベッカなら大丈夫《だいじょうぶ》ニャよ』

ネッちゃんを皮切りに、ロールちゃんとキャンデさんも私の手を握る。

「落ち着いてやれば大丈夫」

「お前なら何も問題ない」

マドレーヌさん、ライアンさん、メーヴェくんも「頑張れっ」と励《はげ》ましてくれた。

ありがとう……みんな……。

背中を押され、不安や迷いは消えた。〈招来のアミュレット〉をギュッと握り、願う。

お母さん……聞こえますか……？　レベッカだよ。この声が聞こえていたら、姿を見せてくれませんか……？

楽しくて尊い日々を思い出しながら、懸命《けんめい》に祈る。

石が手に食《く》い込むくらい強く祈ること、数十秒。……何も起きない。残念だけど、いろいろと力不足だったのかもしれない。

「やっぱり、私じゃダメだったみた……」

『レベッカ、あれ見てニャ！』

しょんぼりした気持ちでコテージに帰ろうとしたとき、ネッちゃんが空を指した。

女性がゆっくりと、空から舞い降《お》りてくる……！

目の前の地面に優雅《ゆうが》に降り立ったとき、目の端に熱いものが込み上げてくるのを感じた。

私と同じ茶色い髪《かみ》は肩《かた》くらいで切り揃《そろ》え、その黒い瞳《ひとみ》は黒曜石のように美しく輝《かがや》く。少しずつ、だけど確かな実感が湧いた。

この人は……私のお母さんだ！

「お母さん……会いたかったよ……！」

〔レベッカ、寂しい思いをさせて悪かったわね……お母さんもあなたに会えて嬉《うれ》しいわ……！〕

お母さんの身体は透《す》き通っているし、すり抜《ぬ》けちゃうのかと思ったけど、ちゃんと抱《だ》きしめることができた。

何年ぶりかのお母さん。もう一生離《はな》さないつもりだ。人間とは違《ちが》うからか、その身体は少しひんやりしている。

でも、頭を撫《な》でてくれる優しい手は、私の大事なお母さんそのものだった。

「まさか、お母さんにまた会えるなんて思わなかった……今日は人生で一番嬉しい日かも」

〔私もあなたに会えて本当に嬉しいわ……大好きよ、レベッカ〕

これは奇跡《きせき》だ。私は今、奇跡の瞬間にいるんだ。頭を撫で撫でされる感触《かんしょく》に懐かしさを覚える中、頑張って生きてきて良かったと思う。きっと、毎日一生懸命《いっしょうけんめい》料理を作ってきたから、お母さんと再会することができたのだ。

ギュッと抱きついていると、お母さんの声が頭の上から降ってきた。

〔後ろにいるのは、あなたのお友達の方々？〕

「……えっ？」

お母さんに言われ、後ろを振り向く。そこにいるのは、ネッちゃん、ロールちゃん、キャンデさん。三人とも、涙と鼻水がダバダバだった。

「わだじばっ！　レベッガのっ！　どもだぢのっ！　ロールと言いまずっ！　よろじぐお願いじます！」

『猫妖精《ねこようせい》のネッぢゃんだニャっ！　レベッガのごどばっ！　誰よりも大事に思っでいるニャっ！』

「わだじば、キャンデだ！　レベッガの料理ば！　世界中のどごよりもおいじいんだ！」

みんな、涙ながらに自己紹介《しょうかい》をする。私を慕《した》ってくれていることが強く伝わり、ほんのりと胸が熱くなった。

続けて、マドレーヌさんたち三人も泣きながら挨拶してくれる。

「私ばマドレーヌ！　レベッガざんにば、ヴィラを手伝っでもらっでまず！」

「僕《ぼく》ばライアン！　漁師！　レベッガざんば、ぼんどに良い子でずね！」

『自分ばっ！　ウミネコ妖精《ようせい》のメーヴェど申じます！』

涙を流す六人に、お母さんは丁寧《ていねい》に頭を下げて言った。

〈レベッカの母、サラ・サンディズです。娘《むすめ》と仲良くしてくれてありがとうございますね〉

「『いいえ！　ごぢらごぞ！』」

みんなを紹介できる日が来るなんて、思いもしなかった。お母さんは私を離すと、肩に手を置きながら話す。

〈レベッカ、私を招来してくれてありがとう。天界で善行を積んで、私は弱い精霊《せいれい》になれたの。いつか、こんな日が来るんじゃないかなと思ってね。悪い人はずっと天界に閉《と》じ込められたままだけど〉

「そうだったんだ……」

私に会うために、天界でも頑張ってくれていたなんて……。お母さんの尊い愛を改めて実感する。でも、生き返ったわけではなく、やっぱり死んでしまったのだと思うとしんみり悲しい気持ちになった。

お母さんは続けて、今度は辛い話をする。

〈精霊王様から、現世にいられるのは二時間くらいと聞いているわ〉

「そ、そんな……。せっかく会えたのに……」

もちろん、永遠に一緒《いっしょ》にいられるとは思っていなかったけど、二時間なんてあっという間だ。ネッちゃんたちもしゅん……と俯《うつむ》いている。私はなんだか悲しかったけど、お母さんはあくまでも笑顔だった。

〔そういえば、レベッカ。あなたはカフェをやっているんですってね〕

「え……？　うん、ロールちゃんに食堂を借りて……って、なんで知っているの？」

〔天界から色々と現世の様子が見られるのよ〕

「へぇ～、そうなんだぁ」

天界に行ったことはないけど、地上界より摩訶不思議《まかふしぎ》な力が溢《あふ》れている気がする。人間たちの様子が簡単に把握《はあく》できてもおかしくはないだろう。

……いや、ちょっと待って。

ということは、いつも私がハイテンションで調理していることも見られているのだろうか。

……いいえ、大丈夫。たぶん、きっと、おそらく……。

心の中で思案を巡《めぐ》らしていたら、お母さんにそっと手を握られた。

〔ねえ、レベッカ。私に……ご飯を作ってくれないかしら？　あなたのカフェを見て、私も食べたくなったの〕

「うん、もちろん！　メニューは何がいいかな。何でも作るよ」

〔そうねぇ……〕

お母さんはしばし考えていたけど、思い出したかのように言った。

〔昔、あなたが私に作ってくれたアクアパッツァはどうかしら？　また食べたいわ〕

「アクアパッツァ！　いいねぇ！」

【毒消し】スキルを授《さず》かる前のまだ幼い頃《ころ》、お母さんにご飯を作ってあげたことがある。

日々の疲れが少しでも癒《い》えてくれれば、と思って。

一番最初に作ったメニューはアクアパッツァ。煮込《にこ》むのがメインだから、子どもの私にも比《ひ》較的《かくてき》簡単に作れたのだ。

〔作れるかしら？　材料が揃ってなかったら別のお料理でもいいけれど〕

「あっ、そうだ……材料……」

「『心配いらないよ（であります）！』」

材料を調達しないと……と言おうとしたら、マドレーヌさん、ライアンさん、メーヴェくんの叫《さけ》び声が轟《とどろ》いた。そのまま、さらに大きな声で叫び続ける。

「『大至急、全部の毒食材を持ってくるからね（であります）！』」

猛《もう》スピードで市場に走り、あっという間に見えなくなってしまった。食材の用意はマドレーヌさんたちにお願いしよう。

ということで、お母さんをコテージに案内する。

「じゃあ、お母さんはリビングにいて」

〔ええ、楽しみに待ってるわ。それにしても、綺麗なとこ……〕

グジュグジュと泣いているネッちゃんたちを引き連れ、キッチンに向かう。マドレーヌさんたちは瞬く間《またたくま》にたくさんの毒食材を持ってきてくれた。

食材を並べ、調理器具を整頓《せいとん》し、心を整理する。

お母さんとまた会えた。

こんなに嬉しいことはない。おいしい料理をかっこよく作って、お母さんを安心させるんだ！　かつてないほど平常心を意識する……。

「まぁずは〈プワゾンロブスター〉を丸茹《ゆ》でだぁ！　殻《から》も身も厚いからじっくり火を通せぇ！　あぁ、お母さんとまた会えて嬉しいなぁぁぁ！」

最初に使う食材は、両手でようやく抱けるくらいの大きな赤いロブスター。毒食材の女王（私談）とも言われる、〈プワゾンロブスター〉……だっ！　その硬い殻には尾《お》の先から爪《つめ》の先に至るまで、ぎっしりとおいしい身が詰《つ》まっている。

味だって、普通《ふつう》のロブスターより何倍も濃厚《のうこう》。浮《う》き出た紫色《むらさきいろ》の斑点《はんてん》模様が毒食材であることを示し、食べると即座《そくざ》に気絶しちゃう毒を所持。

大好きなお母さんとの再会……。これほど嬉しいことはなく、テンションがどんどん昂《たかぶ》っていく。燃え石でお湯を沸《わ》かし、〈プワゾンロブスター〉をポチャン。やや強火で茹でる。殻は熱に強いので、十分ほど茹でる必要があるのだ。

私が料理をする中、ロールちゃん、ネッちゃん、キャンデさんはキッチンの隅《すみ》でダバダバと泣いていた。

「レベッガのおがあざんに会えるなんで！　わだじもうれじい！」

『ネッぢゃんば、がんどうで涙《なみだ》がどまらないニャ！』

「私ばごんなに、がんげぎじだごどばない！　ごんなのずるい！」

私とお母さんの再会は、彼女《かのじょ》らにも強い衝撃《しょうげき》を与《あた》えたらしい。感動してくれるのだから、みな良い人だなと思う。マドレーヌさんたちヴィラの三人は気を利《き》かせてくれて、自分のコテージに戻《もど》っていた。

さらに調理するのは、用意してくれた大きな貝。

「この間に〈フカイアサリ〉を砂抜きだぁ！　渦《うず》を作るように洗うと、ジャンジャン砂が抜けていくぅ！」

「なぜがレベッガの姿が見えない！」

『ネッぢゃんもニャ！』

「私もだ！　何が起ごっている！」

〈フカイアサリ〉は身体が水を吸収して泳げなくなってしまう毒の他に、砂が多いことでも有名だった。でも大丈夫。ぐるぐると渦を作るイメージで洗えば、すぐに砂を吐《は》き出す性質を持っている。

何度か洗って砂抜きを完了《かんりょう》したところで、ロブスターの様子をチェック。ほっこり茹で上がっていた。いいね。

ナイフではさみの根元をカット。食べやすいように殻も外しとく。身体と尻尾《しっぽ》は、ぷりんと捻《ね》じれば簡単に外れちゃう。頭に詰まったエビみそは栄養満点でおいしいので、これも余さず使いましょう。

追加で投入するのは、頭の部分に悪魔《あくま》みたいな模様が浮かんだ大きなタコ。

「これは〈魔王《まおう》ダコ〉ー！　旨《うま》みも毒も魔王級ー！　他のタコじゃ、足下《あしもと》にも及《およ》ばないー！」

「レベッカのだめにも、もっとじっがりじなぐぢゃ！」

『悪いやづがら守れるように、ネッぢゃんは修行《しゅぎょう》ずるニャよ！　お風呂《ふろ》も入るニャ！』

「今まで以上にお前の望む食材をがっでぐるがらな！」

その毒は魔王ですら絶命してしまうほど強力だけど、厳しい自然環境《かんきょう》を勝ち抜いた全身は身が分厚くて栄養たっぷり。スープの味も奥行《おくゆ》きが増すこと間違《まちが》いなし。

一口サイズに切ったら、他の食材と同じようにお鍋《なべ》にイン。

「みんな一緒にお鍋で煮込《に》むよぉ！　どっちも海のミネラルが豊富に含《ふく》まれているぅ！

要するに、一口が海！」

「ロール、泣いているばかりじゃダメ！　レベッカの料理を見守らないと！」

『そうだニャ！　ネッちゃんにはレベッカを守るという使命があるんだニャ！』

「私としたことが自分を見失っていた！　泣いていたら調理が見られないではないか！」

火力調整しつつ、ぐつぐつと煮るのだ。調理している間、三人はうわあああ！　と勢い良く涙を拭《ふ》いていた。

「お次は〈ホットマト〉ぉ！　ほどよい辛みを分けてくれぇ！」

「ロブスターとはまた違った赤が加わって彩《いろど》り豊かー！」

『どんどん豪華《ごうか》なお料理になっていくニャー！』

「今すぐ食べたくなってしまうぞー！　むしろ腹が減ったー！　どうしてくれるー！」

〈ホットマト〉の皮を剥《む》き、半分にスライスして加える。塩味をそっと包み込むようなピリ辛味《からみ》を狙《ねら》う。

ロブスターにアサリにタコにトマト……。だいぶ完成に近づいてきたぞ。

全体に火が通ったらお皿に盛り付け、仕上げに入る。

「最後は〈パサつきパセリ〉を散らしていくぅ！　ハーブのような爽《さわ》やかな香りでお料理全体を引き締《し》めるぅ！　健康的な深い緑にも注目だぁ！」

「ああー！　ただでさえ美しいアクアパッツァが一段と美しくー！」

『きっと、天界でもこんなに美味《おい》しそうなお料理はないニャー！』

「食材の長所を遺憾《いかん》なく発揮するー！　これぞレベッカの真骨頂だー！」

海底宮殿《きゅうでん》に行く前に、キャンデさんが取ってきてくれた〈パサつきパセリ〉。口に入れると、身体中《からだじゅう》の水分を奪う毒がある。もちろん、毒消しすれば消え去る。しかも、普通の物よりえぐみが少なくて甘《あま》みが強いのだ。最後のお口直しに食べてもらいたい。

ひとしきり調理が終わると、徐々《じょじょ》に気持ちも落ち着いてきた。

「……さて、お料理を運びますかね」

「わたしも手伝うよ、レベッカ……ぐすっ……」

『ネッちゃんも手伝うニャ……うっうっ……』

「私もいるぞ……ひぐっ……ひぐっ……」

まだ少し泣いているロールちゃんと一緒に、食堂へお料理を運ぶ。

無事完成したのだけどテンションが平常に戻り、いつものように現実を直視させられていた。

やってしまった……。また騒《さわ》いでしまった。

こんなんじゃカッコいいどころか、逆に不安にさせちゃうよ。

食堂にお料理を運んでいくと、お母さんはニコニコと微笑《ほほえ》みながら待っていた。

「ごめん、うるさくて……」

〔謝《あやま》ることなんかないわ。あなたが楽しそうなだけで私は嬉しいの〕

お母さんの優《やさ》しさが心に沁《し》み、お皿をそっと置く。

「〝プワゾンロブスターのあの日を思うアクアパッツァ〟です」

〔まぁ、素敵《すてき》。真っ赤なロブスターがキレイだわ〕

〈プワゾンロブスター〉は茹でると、燃《も》え盛《さか》る太陽のように赤くなる。他の食材と一緒に、お皿の中で堂々と食べられるのを待っていた。

お母さんはワクワクした様子でナイフとフォークを握《にぎ》る。

〔それでは……いただきま～す〕

あ～んとロブスターを口に運ぶ。

またお母さんに私のご飯を食べてもらえるなんて……。

嬉しさのあまり、温かい涙がポロリと一つ零《こぼ》れた。

〔……おいしい〕

お母さんは静かに呟いた。一口一口を味わうように、丁寧に食事を楽しんでいる。

スープを飲み、ロブスターの身を食べ……記憶《きおく》の中にあるお母さんの食事風景と重なった。私にとってはもう二度と見られないと思っていた光景……。いつまでも感傷に浸っていたくなる。

「ど、どうかな……美味しくできた？」

お客さんに出すときはそんなことないのに、なんだか恥《は》ずかしかった。たどたどしく尋《たず》ねると、すぐさまお母さんは満面の笑《え》みになる。

〈ええ、もちろんよ！　おいしさに感動して言葉を忘れてしまうくらい。……腕《うで》を上げたわねぇ、レベッカ。今まで食べた食事の中で一番おいしいお料理だわ〉

「ありがとう……良かった……」

やっぱり、おいしいと言ってくれるのが一番嬉しいね。料理人として、努力が報《むく》われた感じがする。

そのまま、お母さんは食べながら感想を伝えてくれた。

〈このロブスターはふんわりしているのに、ギュッと身が引き締まっているのが見事ね。火加減の調整が大変だったでしょう〉

「うん。〈プワゾンロブスター〉って食材なんだけど、じっくり火を通さないと味が悪くなっちゃうの」

〔噛《か》めば噛むほど味が染《し》み出してくるわ。スープには食材の旨みが凝縮《ぎょうしゅく》されていて、海そのものを飲んでいるかのような満足感よ〕

お母さんは本当においしそうに食べている。感想も嬉しいし、その楽しげな様子を見るだけで私も温かい気持ちになれた。

〔アサリも砂のジャリッとした感触がないし、トマトのちょっぴり辛い味が絶妙《ぜつみょう》なアクセントだわ。辛すぎないのがレベッカの腕ね。タコのギュッとした食感と、海香る風味も素《す》晴《ば》らしいわ〕

食べるたびに、おいしかったポイントを細かく伝えてくれる。楽しかった食事も進み、お決まりの〈ポイズンハーブ〉のお茶を出す。

おいしそうに飲んでいるのを見ていたら、忘れていた寂しさに襲《おそ》われた。

もうじき……二時間が過ぎる。

「お母さん……」

考えないようにしたけど、とうとう耐《た》えかねて涙が零れてしまった。

奇跡の時間はこれで終わり。亡くなったお母さんと会える時間は、お終《しま》いが近づいている。我慢《がまん》しようとしても涙が零れた。

だって、お母さんと別れなければならないから。

「お母さん、さようなら。私、お母さんに会えるなんて思ってもみなかった。会いに来てくれて本当にありがとう。今日のことは一生忘れないから……」

涙を堪《た》えて感謝の気持ちを伝えることができた。私の後ろからは、みんなのすすり泣く音が聞こえる。〝カフェ・アンチドート〟の仲間も、私たちの別れを悲しんでいてくれた。

みんなの優しい気持ちを感じ、悲しい思いは少しだけ和《やわ》らぐ。お母さんは私の頭を撫でながら、優しく語る。

〔レベッカ、泣かないで。私はもう天界に戻らないといけないけど、一生会えなくなるわけではないのよ〕

「え……そうなの？」

尋ね返すと、お母さんは微笑みを湛《たた》えてこくりとうなずいた。

〔〈招来のアミュレット〉は毎日少しずつ魔力を溜めれば、また使うことができるわ。ちょうど一年くらい後ね〕

そうだったんだ……。一回きりじゃないらしい。

はぁ～っと感心していたら、ハッと嬉しい事実に気づいた。

ゆっくり少しずつ、もどかしいほどじわじわと身体の奥底《おくそこ》から喜びがあふれてくる。

「じゃあ、またお母さんに会えるんだね！」

〔そうよ。だから、泣くことはないの〕

「やったー！」

最後まで聞かず、お母さんに抱きついてしまった。また涙があふれる。でも、今度は嬉し涙だ。

〔ほらほら、みんなが見ているわよ、レベッカ〕

「だってぇ～」

頭の上からお母さんの呆《あき》れた声が、私の後ろからはみんなが号泣《ごうきゅう》する声が聞こえる。

「よがっだ～！　よがっだね、レベッガ～！　また、おがあざんに会えるよ～！」

『親子の愛は世界を越《こ》えるんだニャ！　愛は不滅《ふめつ》……不滅なんだニャ！』

「私ば心の底から嬉《うれ》じい！　レベッガだぢがまた会えるなんで嬉じい！」

私はお母さんからすぐに離れられない。

恥ずかしさより、嬉しさの方が何十倍も何十倍も強かった。

□□□

〔では、私はそろそろ失礼するわ。みなさん、今日は本当にありがとう〕
コテージの前でお母さんが話す。私たちの涙も収まり、とうとうお別れの時間がきた。
でも大丈夫。また会えるのだ。
マドレーヌさん、ライアンさん、メーヴェくんも、「お母さんとは一年後にまた会える」
と言ったらとても喜んでくれ、少し離れたところで見守っていた。
「じゃあ、お母さんまたね。元気でね……って、天界に住んでいる人に言うのは変か」
〔いいえ、嬉しいわよ。レベッカの顔を見たら、元気があふれてきたわ。またね……私の
大事な大事なレベッカ〕
「うん、またね……大事なお母さん」
お母さんはチュッと私の頭にキスしてくれる。それを合図にしたかのように、握り締め
た手がするりと抜け天に昇《のぼ》っていった。
〔さようなら……。〝カフェ・アンチドート〟の皆《みな》さん、そしてヴィラの皆さん……レベ
ッカのことをよろしくね〕
手を振《ふ》るお母さんに、私たちも大きく手を振り返す。姿が見えなくなるまで、ずっと。
お母さん、私はこれからも頑張るからね……。
晴《は》れ渡《わた》った空を見上げながら、心の中で強く強く決心した。

【第十三章：海から森へ】

いよいよヴィラでの雇用《こよう》期間が終わり、辺境の〝テトモモハ〟に帰る日がやってきた。

今はコテージの前にみんなで集まり、お別れの挨拶《あいさつ》を交《か》わしている。

一ヶ月半くらいの短い時間だったけど、マドレーヌさんやライアンさん、メーヴェくんとはすごく仲良くなれた。三人とも、涙ぐみながら私たちと握手《あくしゅ》してくれる。

「レベッカさん、ネッちゃんさん、ロールさん、キャンデさん、来てくれて本当にありがとう。あなたたちのおかげで、この夏のヴィラは過去最高の評判だったわ」

「〝テトモモハ〟は遠いだろうけど、またいつでも来てくれ。今度は僕の船に乗せてあげような」

『みなさんのことは忘れないであります！　どうかお元気で！』

お別れするのは寂しいけど、これも人生だ。もう二度と会えないわけではないしね。

私たちもまた、マドレーヌさんたちに感謝の気持ちを伝える。

「こちらこそありがとうございました。ヴィラでの調理は、料理人としてもすごくいい経験になりました」

『今度はネッちゃんたちのカフェに来てほしいニャ！』

「わたし、こんなに煌《きら》びやかな夏を過ごしたのは初めてです！　夢の中でも、毎日宝箱に囲まれてました！」

「世話になったな。また会おう」

〝カフェ・アンチドート〟の場所を教え、定番メニューの話などをしたところで、マドレーヌさんがポンッと手を叩《たた》いた。

「……そうだわ、一番大事な報酬《ほうしゅう》を渡すのを忘れていたわ」

「報酬ぅ！」

報酬という大好きな言葉を聞いた瞬間《しゅんかん》、ロールちゃんの瞳は太陽のようにギラギラに光《ひか》り輝く。夏のエネルギーでパワーアップしているようだ。そんな彼女を見て、私とネッちゃん、キャンデさんは小さくため息をつく。

マドレーヌさんは気にせず、重そうな布袋を私の手に渡してくれる。袋《ふくろ》の口が開かれると、黄金の輝きが私たちを照らした。

「はい、これが報酬よ。金貨と珊瑚《さんご》の詰め合わせ」

「『ええっ！』」

「ヴィラに来たお客さんは、例年に比べてもすんごいお金持ちでね。たくさんの報酬をくれたの」

さらりと言うマドレーヌさん。こんな大金を前にしても平常心なんてさすがだ。ライアンさんも落ち着いててすごい。なんだか慣れているって感じ。

そもそも、こんな一等地でヴィラを経営しているのだから、実はマドレーヌさん夫妻こそ大変なお金持ちなのかもしれないね。

そんなことを考えていたら、いつの間にか袋はロールちゃんの手に渡っていた。

「はわわ……金貨の海に珊瑚が生えてるよ……。まさしく、夢の世界……」

そして、いつもの反応。嬉しそうで何より。ロールちゃんの鞄《かばん》はたくさんの財宝でパンパンになるわけだけど、その重さが心地《ここち》よいそうだ。

最後に少しだけお喋《しゃべ》りして、〝アルビオン・ビーチ〟を立ち去る時間が来た。

名残惜《なごりお》しいけど、私たち〝カフェ・アンチドート〟のメンバーはヴィラの三人に手を振り、馬車乗り場へと向かう。

「『本当にお世話になりました（ニャ）ー！』」

「「元気でねー！」」

『さよならであります！』

マドレーヌさん、ライアンさん、メーヴェくんは、姿が完全に見えなくなるまで手を振ってくれていた。楽しい余韻《よいん》と物寂《ものさび》しい哀愁《あいしゅう》を感じながら、馬車乗り場へと歩を進める。

途中《とちゅう》、街の手前で海辺に差し掛《か》かったとき、キャンデさんが提案した。

「最後に少し海を眺《なが》めて帰るか？」

「『賛成（ニャ）！』」

砂浜《すなはま》に降りて波打《なみう》ち際を歩く。もう夏の終わりでもあるからか、最初に来たときより観光客はグッと少なかった。

私やキャンデさんは渚《なぎさ》を歩いていたけど、ロールちゃんだけは少し浅瀬《あさせ》に入り何かを探しながら歩いている。

「どうしたの、ロールちゃん」

「いや、沈没船《ちんぼつせん》の財宝がないかなと思って……。結局、最後まで見つからなかったなぁ……」

そっか、ずっと楽しみにしてたもんね。何も見つからないのは可哀想《かわいそう》だと思い、ディロイさんたちに貰《もら》った金貨を一枚、ロールちゃんの足下にそっと落とした。

「ロールちゃん、後ろに何か落ちてるよ」

「えっ、後ろ？」

「ほら、そこ」

陽光に煌めく金貨を指差すと、ロールちゃんは勢いよく拾い上げた。

「き、金貨だぁ！　やったー、沈没船の金貨だよ！　見つけてくれてありがとう、レベッカ！」

金貨を掲《かか》げて大変に喜ぶ。大事な友達の笑顔《えがお》が一番の宝物だ。

「財宝が見つかってよかったね、ロールちゃん」

『レベッカは優しいニャ』

「まったくだ」

海辺から上がり、街でお土産《みやげ》を買いながら歩く。

ネッちゃんにはずっと欲《ほ》しがっていた、ガラスでできたあのお魚を買ってあげた。

「ネッちゃんも頑張《がんば》ってたもんね」

『ありがとうニャ、レベッカ！　ずっと大切にするニャよ！』

ネッちゃんの喜ぶ様子を見て、お店の人が小さな布の入れ物をおまけでくれた。

煌びやかな商品が並ぶ中、ロールちゃんが買ったのは金庫。

「見て、レベッカ！　この金庫、ダイヤルが七桁《けた》もあるの！　暗証番号を入れて、二つある鍵《かぎ》を同時に入れないと絶対に開かないんだって！　【解錠《かいじょう》】スキルを無効化する術式も組《く》み込《こ》まれていて……」

どうやら、かなり厳重なセキュリティ能力があるらしく、目を輝かせて説明してくれた。

キャンデさんはというと、また別のお店で青色に装飾《そうしょく》された小さなナイフを買っていた。

「ブリジットがよく使っていた物に似ていてな。たまには、こういう買い物もいいものだ」

優しげな表情で語るのが印象的だ。

そして、私のお土産は〝アルビオン・ビーチ〟が描《えが》かれたハンカチ。見ているだけでこの夏の思い出――ヴィラでお客さんたちに料理を振る舞《ま》ったことや、泳ぎの練習をしたこと、ディロイさんたちに出会ったこと、海龍王《かいりゅうおう》様にお食事を作ったこと、お母さんと再会したこと――などが蘇《よみがえ》る。

買い物しながら歩いていると、あっという間に馬車乗り場に着いた。〝テトモモハ〟の方角に向かう馬車を見つけ、みんなで荷物を荷台に入れ終わると、ロールちゃんが私に言った。

「レベッカ、号令をかけてよ」

「ん？　号令？」

「そう、何かキリがいいし。森に帰るんだ！って気持ちになりそうだから」

ロールちゃんがそう言うと、ネッちゃんとキャンデさんもうんうんとうなずいた。

『それは良い案ニャ』

「お前が私たちのリーダーだ」

みんなに言われ、こほんっと咳払《せきばら》い。

天に向かって手を挙げて、力強く宣言した。

「では、私たちの家……〝カフェ・アンチドート〟に帰りましょう！」

「『おおおー！』」

行きより少し大型の馬車に乗り、私たちは落ち着く我《わ》が家《や》〝カフェ・アンチドート〟へと向かう。

□□□

「『……せーのっ、空気が森（ニャ）！』」

馬車に乗って一週間、私たちは〝カフェ・アンチドート〟に帰ってきた。またいつも通りの毎日が始まるんだね。

行きも帰りも日数は同じだったのに、不思議と帰りの方が早かった気がする。海の香りもいいけど、森の香りもいいもんだ。

玄関《げんかん》の上に掲げた看板を見ると懐《なつ》かしさが込み上げた。二ヶ月くらいしか離れていなかったのに、なんだかすごい久《ひさ》し振りだ。

ロールちゃんが鍵を開け、懐かしの我が家に入る。

「帰宅ー！」

『ただいまニャー！』

「今帰った」

お店の中は〝アルビオン・ビーチ〟に行ったときと変わらない。整理《せいり》整頓《せいとん》された椅子《いす》やテーブルが静かに出迎《でむか》えてくれた。

それでも薄《うっす》らと埃《ほこり》が積もっているので、まずは掃除《そうじ》をしようと窓を開ける。

荷物を整理して掃除用具を出す中、ロールちゃんは真っ先に数々の財宝をお店の隠《かく》し金庫に移し始めた。帰り道、「〝パルグタウン〟に寄ろうか？」と聞いたけど、「お店の金庫がいっぱいになったところが見たいから！」とのことだった。

ジャクリーンさんの服や極蒼龍《ごくあおりゅう》の宝玉、金の延べ棒に海底宮殿の財宝、大量の金貨や珊瑚などをしまったところで、ロールちゃんが嬉しそうに見せてくれた。

「はわわ……もういっぱいになっちゃった……。全部預けたらどれくらい利息がつくかなあ……」

「そんなに詰め込むと壊《こわ》れちゃうよ」

すかさず、大好きな利息に思いを馳《は》せるのはロールちゃんならではだ。

金庫の扉《とびら》を閉じるとシャキッとして、率先《そっせん》して掃除を始めてくれた。

床《ゆか》を箒《ほうき》で掃《は》いて、窓ガラスやテーブルをタオルで拭き、掃除を進めていると自然と素直《すなお》な言葉が出た。

「海もいいけど、やっぱり我が家が一番だね」

私が言うと、三人もうんうんとうなずいていた。〝アルビオン・ビーチ〟はとても素敵な場所だったけど、家は家で落ち着き度が違《ちが》う。肩《かた》が軽くなった気分。やっぱり、海では緊張《きんちょう》していたんだね。

掃除が終わって休憩《きゅうけい》のハーブティーを用意していると、ロールちゃんが窓からぼんやりと外を眺めているのに気がついた。何かを探しているような待っているような様子で、どことなく悲しげな表情だ。

「ロールちゃん、大丈夫《だいじょうぶ》？」

「いや……わたしもパパとママに会いたいな……って、思ってね……。二人とも元気にしてるかな……」

その声も瞳《ひとみ》も物寂しくて、こちらまでしょんぼりしてしまう。ネッちゃんやキャンデさんも近くに来て、何も言わず外を見る。

ロールちゃんのご両親は、ダンジョンに行ったまま帰ってこない。キャンデさんも頻繁《ひんぱん》に捜索《そうさく》には行ってくれたけど、この数ヶ月終ぞ見つかることはなかった。彼女の置かれた境遇《きょうぐう》を考えると、私たちも辛くなる。

「絶対にまた会えるよ」

『元気出してほしいニャ』

「親御《おやご》さんもロールに会おうと懸命《けんめい》に頑張っているはずだ」

励《はげ》ますことしかできないけど、今はご両親の安全を祈《いの》るばかりだ。

私たちが言うと、ロールちゃんの顔には少しずつ明るさが戻った。

「そう……ですね。パパとママに〝カフェ・アンチドート〟や大事なみんなを見てもらうんだ！　頑張ろう！」

ロールちゃんは元気よく言ってくれる。

大切なご両親と再会できますように……と、空で輝《かがや》く太陽に静かに祈った。

【第十四章：〝カフェ・アンチドートのアフタヌーン〟】

「『ありがとうございました（ニャ）～』」

ロールちゃんとネッちゃんと一緒に最後のお客さんを見送って、ドアを閉める。

〝アルビオン・ビーチ〟から帰ってきて、あっという間に二週間が過ぎた。私たちはもうすっかり平常モードで、毎日カフェの仕事で忙《いそが》しい。しばらくヴィラに行っていたこともあるためか、ここ最近はいつにも増してお客さんがいっぱいだ。今だって、昼過ぎのピークタイムが過ぎてようやくひと息つけたところだ。

ちなみに、〝アルビオン・ビーチ〟でゲットした財宝は、まだお店の隠し金庫に保管されている。ロールちゃん曰《いわ》く、もう少し堪能《たんのう》してから銀行に預けるらしい。

休憩時間のため、クローズドの看板を出して傍《かたわ》らの二人に提案する。

「お茶でも飲む？」

「『賛成（ニャ）！』」

キッチンで〈ポイズンハーブ〉のハーブティーを淹《い》れていると、今日はお休みのキャンデさんも合流。

「レベッカ、私にも一杯《いっぱい》くれ」

「わかりました」

みんなでホッとひと息。いつ飲んでも気持ちが安らぎますねぇ～。本日も美味なり。

ついでに、試作のケーキでも出そうかなと思ったときだ。カランッとドアベルが鳴り、二人の男女がお店に入ってきた。

灰色の髪《かみ》をした男性と、青い髪をした女性。お客さんかな。クローズドの看板を出している間に来たのは初めてだ。

ともに三十代前半か中頃《なかごろ》くらいの若い見た目けど、服は全体的に汚《よご》れていて顔もやつれ、すごく疲《つか》れた様子。キャンデさんと同じ冒険者《ぼうけんしゃ》かもしれないね。

閉店中にお客さんが来ても、追い返したりはしない。一時的な休憩時間だし、お腹《なか》が空《す》いて倒《たお》れそうなのかもしれない。

「どうぞ、お好きな席にお座《すわ》りください」

そう呼びかけるけど、二人のお客さんはぼんやりと佇《たたず》んだままだ。どうしたんだろう……と思っていたら、隣《となり》に座るロールちゃんが勢いよく立ち上がった。

「う、うそ…………パパ、ママー！」

「「ロール！　会いたかったよ！」」

飛びつくロールちゃんを、二人のお客さんは優しく受け止める。ひっしと抱《だ》き合う三人を見て、私もネッちゃんもキャンデさんも強い衝撃を受けた。

お客さんは、ずっと行方《ゆくえ》不明になっていたロールちゃんのご両親だったのだ！

ご両親は大事な娘《むすめ》の頭を撫《な》でながら話す。

「すまなかったな、ロール。ダンジョンのランダム転移罠《わな》を踏《ふ》んでしまい、王国の端《はし》っこに飛ばされたんだ」

「だから、戻ってくるまで時間がかかってしまったの。でも、身体は健康だから安心して」

「パパとママが元気なら、それでいい！」

その光景を見て、ネッちゃんとキャンデさんはダバダバと泣く。

『よがっだね……よがっだね、ロールぢゃん……！』

「よぐ再会でぎだ……よぐ再会でぎだな……！」

もちろん、私も嬉《うれ》しい。

「ご両親とまた会えて……よかったね」

そう言うと、ロールちゃんは涙を流してうなずいていた。私たちの下に連れてくると、ぐすぐすと泣きながらご両親を紹介《しょうかい》してくれる。

「パパ、ママ……。二人がダンジョンに行ってから、わたしはみんなと暮らしてたの。シエフのレベッカに猫妖精《ねこようせい》のネッちゃん、Sランク冒険者のキャンデさんだよ。みんなと一緒《いっしょ》だったから、寂《さび》しくなかった」

「僕《ぼく》は父のパトリック。ロールと一緒に暮らしてくれて本当にありがとう」

「私は母のモリゼよ。あなたたちのおかげで、この子も元気に暮らせたわ。ありがとう」

私たちもご両親と挨拶を交わす。カフェの運営の話をすると驚《おどろ》きとともに感謝され、キャンデさんは〝惑乱《わくらん》の凶星《きょうせい》〟だと聞くとまた一段と驚いていた。

いつもの明るい表情になったロールちゃんは、隠し金庫から数々の財宝を大喜びで運び出す。

「……そうだ、パパ、ママ！　この前、〝アルビオン・ビーチ〟にお仕事に行ってきたんだけどね……見て！　すごいでしょ！　全部、ご褒美《ほうび》で貰ったの！」

店内は瞬《また》く間《ま》に黄金の煌めきに包まれる。帰ってきていきなり財宝を見せるなんて……いや、むしろいい機会なのかもしれない。

ご両親から注意してもらおう。……と、思っていたけど、パトリックさんもモリゼさんもピタリと固まった。そのまま、聞き慣れたあの言葉が出てくる。

「「はわわ……」」

どうやら、ロールちゃんの「はわわ……」はご両親譲《ゆず》りだったようだ。

何はともあれ、三人が再会できて本当によかった。財宝をしまうとパトリックさんとモリゼさんのお腹がぐぅぅ～と鳴り、二人は顔を赤らめて言う。

「いや、お恥ずかしい。ずっと歩き通しだったものでね」

「食べ物もちょうど底をついてしまったの」

ロールちゃんはすかさず、「今何か作るから待ってて」と言ってパトリックさんとモリゼさんを椅子に案内した。私の近くに来ると、小さな声で真剣《しんけん》に話す。

「レベッカ、お願いがあるんだけど……」

「うん、どうしたの？」

「……わたしと一緒に作ってくれない？　パパとママにおいしい物を食べさせてあげたいの」

当然の如く、私の答えは一つしかない。

「もちろんだよ」

食材は午前中集めた物がまだたくさん残っている。これを使って、パトリックさんとモリゼさんにおいしいお料理を作ろう。

ロールちゃんと一緒にね！

さっそくキッチンに移動して調理開始。ネッちゃんとキャンデさんもすぐ近くで見守ってくれている。

私たちが作るのは、ミートパイとフルーツスコーン。この時間にぴったりの、アフタヌーンメニューだ。

「じゃあ、ロールちゃん。まずはミートパイから作ろうか。〈トキシン小麦〉の小麦粉と〈デビルエッグ〉をよく練って。ゆっくりでいいからね」

「わ、わかった」

ロールちゃんはこねこねと一生懸命《いっしょうけんめい》生地《きじ》を練り始める。ミートパイとフルーツスコーンの両方に使うから、量は少し多めだね。

他人に教えているためか、普段《ふだん》よりテンションが落ち着いているのを感じる。……いや、いつも冷静に調理しているわけだけど。

オーブンの予熱を始めて、私が少し塩を振って味を調整したところで生地は完成。

次はフィリングの準備だね。熱したフライパンに食材を入れたところで、ロールちゃんと交代する。

「玉ねぎと鶏肉《とりにく》に焼き色がつくまで焼いてね。時間は私が計っておくよ」

「りょ、了解《りょうかい》」

使うお肉は〈ガラスチキン〉。ガラス細工みたいに美しい鳥で、肉汁《にくじゅう》あふれるジューシーな食感が特徴的《とくちょうてき》。その代わり、毒により身体がガラスのように脆《もろ》くなってしまう。

玉ねぎは〝アルビオン・ビーチ〟でゲットした〈幻惑《げんわく》オニオン〉。少し余ったので宿の裏手で栽培《さいばい》を始めたところ、なんといくらか収穫《しゅうかく》できるようになったのだ。これからは毒食材の自給自足も始めてみよう。

五分ほどで食材にも火が通り、フィリングができた。ちょっと味が薄《うす》かったので、塩コショウを追加して最終調整。ロールちゃんと一緒に生地に詰《つ》めて、オーブンに入れる。焼き上がるまでにもう一品作ろう。

「スコーンは生地にドライフルーツを入れるだけでいいからね」

「が、頑張る」

フルーツ類は日持ちさせるため、見つけるたびに少しずつドライフルーツに加工していた。使うのは、お馴染《なじ》み〈毒リコット〉の他にも二種類。平衡《へいこう》感覚が崩《くず》れて歩くとグラグラしちゃう毒を持つ〈グラグランベリー〉と、そのまま食べると毒で昏睡《こんすい》しちゃう〈ポイズンレーズン〉だ。

小さく切り分けた生地に振り入れて包んだら、これもオーブンにイン。おいしく焼けますように。

願いながら待つこと十分。ミートパイもスコーンもこんがり焼き上がった。手分けしてお皿に盛り付け完成。

ふぅーっと息を吐《は》くロールちゃんに言う。

「上手にできたね。さすがロールちゃん」

「レベッカが教えてくれたからだよ。……ねえ、この料理に名前をつけて。ほとんどレベッカが作ってくれたわけだし」

「名前か……」

しばし思案すると、ちょうどいい名前が思《おも》い浮《う》かんだ。

「〝カフェ・アンチドートのアフタヌーン〟、はどうかな？」

「……いい！」

ということで、ロールちゃんがカフェスペースに運ぶ。私は〈ポイズンハーブ〉のハーブティーを持って後から続いた。その後ろについてくるのは、ネッちゃんとキャンデさん。

「お、お待たせ、パパ、ママ。〝カフェ・アンチドートのアフタヌーン〟だよ」

「おいしそうじゃないか」

「素敵だわ～。さっそくいただきましょう」

パトリックさんとモリゼさんは小さく拍手《はくしゅ》した後、揃《そろ》って「あ～ん」とミートパイをお口に運ぶ。

ロールちゃんの思いが詰まったお料理。楽しんでくれるといいな。

「「……おいしい！」」

一口食べた瞬間、パトリックさんとモリゼさんは笑顔で叫《さけ》んだ。そのまま、目を輝かせながら感想を述べてくれる。

「このミートパイは生地がさくさくだな！　軽快な食感が素晴らしい！」

「中のお肉はジューシーだし、玉ねぎの甘《あま》さと絶妙のハーモニーね！」

ロールちゃんはホッとしたような嬉しそうな表情。

続いて食べるのはフルーツスコーンで、これもまた大絶賛だった。

「なんだか、初めて食べるような味わいなのに親しみがあるよ」

「ちょうどいい甘酸《あまず》っぱさがすごくおいしいわ。どんな果物を使ったの、ロール？」

「え、え～っと……」

「〈グラグランベリー〉と〈ポイズンレーズン〉と……」

困っている様子のロールちゃんに小声で教えてあげると、たどたどしくもご両親に食材の話をしていた。

満足げにハーブティーを飲むパトリックさんとモリゼさんを見ながら、ロールちゃんがこそっと私に言う。

「レベッカ、本当にありがとう。おかげで、パパとママにおいしい物を食べさせてあげられたよ」

「いやいや、ロールちゃんのおかげだよ」

どちらともなく手を握《にぎ》ると、傍らのネッちゃんとキャンデさんも笑顔で話す。

『レベッカ様々ニャ』

「お前に作れない料理は一つもないな」

みんなに言われ、私も嬉しい。

ふと、開け放たれた窓から空を見ると、ずいぶんと高い気がする。あんなに強かった日差しもどことなく落ち着いており、今は優《やさ》しく包み込んでくれるような肌触《はだざわ》り。吹《ふ》き抜《ぬ》ける風も涼《すず》しい。

いよいよ、実りの季節となる〝秋〟が訪《おとず》れたのだ。

【あとがき】


作者の青空あかなでございます。おかげさまで、『外れスキル《毒消し》で世界一の料理を作ります！　～追放令嬢の辺境カフェは今日も大人気～』の第二巻を刊行させていただくことができました。応援いただき誠にありがとうございます。第一巻を読まれていない方は、とても面白いので、ぜひこの機会に両方とも手に取っていただけたら嬉しいです。

さて、第二巻では季節が夏に変わりました。夏と言えば……ということで、まるで潮風漂うような爽やかで美しい表紙からもわかるように、みんなで海に行きます。カフェのお客さんから、ヴィラ（コテージの豪華版）で宿泊客に料理を作る仕事を依頼されたのです。太陽煌めく夏の海でのお仕事に、レベッカ含めカフェのみんなは大賛成。

そうして訪れたのは、国内有数のシーリゾート〝アルビオン・ビーチ〟。セレブ御用達の海辺の街で、普段の森とはまったく違う景色や空気を堪能します。

新鮮な海鮮をふんだんに使ったおいしい料理を作り、お客さんをもてなして、綺麗な海で遊ぶ毎日。夏らしさ満点の生活は、森とはまた違った喜びを感じられることと思います。

楽しい日々を送るレベッカたちですが、海龍王様というとても高貴な方に海の料理を振舞うことになってしまいます。いったいどうなってしまうのでしょうか。

第二巻は海要素以外にも、レベッカがずっと会いたかった〝大切な人〟との再会など、笑いあり涙あり料理ありの盛り沢山の内容となっております。

物語の序盤や終盤はいつもの森でカフェをやりますので、そちらもどうぞお楽しみに。ラストでは、ずっと行方不明だったあの人たちが帰ってきます。

電子書籍限定のSSでは、海の街で開催される〝とあるフェスティバル〟のお話を書かせていただきました。とても海らしく楽しいイベントだと思いますので、本編と合わせてリゾート気分を少しでも味わっていただけたら嬉しいです。

さらに、本作はコミカライズが決定しております。企画進行中でございます！　漫画の世界で描かれるレベッカやネッちゃんたちを、ぜひ楽しみにお待ちください。

最後になり大変恐縮ではございますが、謝辞を述べさせていただきます。

第一巻に引き続き、とても美麗で素晴らしいイラストをたくさん描いてくださった、イラストレーターのフルーツパンチ先生、本作の刊行にお力添えいただいた全ての関係者様、そしてこの作品を選んでいただいた全ての読者様へ心より感謝申し上げます。本当にありがとうございました。

次巻予告

数々の功績が称えられ、
王立学院が新設した特別なクラスへ招待されるマグノリア。
しかし、ゲームの舞台でもあるそこはどう考えてもトラブルの巣窟。
当然ながら入学を拒否したマグノリアは、
新たな道を切り開こうと今度は自ら学校の設立に挑戦し始めて――!?

新たな大改革を
実行する第6巻は、
2025年初夏発売予定!

転生アラサー女子の異世改活
政略結婚は嫌なので、雑学知識で
楽しい改革ライフを決行しちゃいます!
6

HJ NOVELS
HJN87-02

外れスキル《毒消し》で世界一の料理を作ります！2
～追放令嬢の辺境カフェは今日も大人気～

2025年4月19日　初版発行

著者――青空あかな

発行者―松下大介
発行所―株式会社ホビージャパン
〒151-0053
東京都渋谷区代々木2-15-8
電話　03(5304)7604（編集）
　　　03(5304)9112（営業）

印刷所――大日本印刷株式会社

装丁―― 木村デザイン・ラボ／株式会社エストール

Printed in Japan

ISBN978-4-7986-3816-4　C0076

ファンレター、作品のご感想お待ちしております

〒151－0053　東京都渋谷区代々木2－15－8
(株)ホビージャパン HJノベルス編集部 気付
青空あかな 先生／フルーツパンチ 先生